俄苏文学经典译著·长篇小说

**罗曼诺夫**

　　苏联作家，中产阶级出身。早在革命前开始写作。他是一个写实主义者，善于描写革命后的社会生活，尤其善于描写革命后的男女关系。著有《三双丝袜》《露西》《爱的分野》等。

**蒋光慈**（1901—1931）

　　中国现代作家。原名如恒，又名侠僧、侠生、光赤。安徽六安人。"五四"时参加学生运动，1921年赴苏俄留学，1922年加入中国共产党。1924年回国后从事文学活动，曾任教于上海大学。1928年初与阿英等成立太阳社，编辑《太阳月刊》《拓荒者》等杂志。著有《新梦》《少年漂泊者》等。有《蒋光慈文集》行世。

# Новая
# скрижаль.

### Romanov

俄苏文学经典译著·

长 篇 小 说

Russian

Literature

Classic.

NOVEL

# 爱的分野

[苏]罗曼诺夫 著

蒋光慈 陈情 译

三联书店

**图书在版编目（CIP）数据**

爱的分野／（苏）罗曼诺夫著；蒋光慈，陈情译. —北京：生活·
读书·新知三联书店，2019.5
（俄苏文学经典译著·长篇小说）
ISBN 978 - 7 - 108 - 06491 - 2

Ⅰ．①爱… Ⅱ．①罗…②蒋…③陈… Ⅲ．①长篇小说－苏联
Ⅳ．①I512.45

中国版本图书馆 CIP 数据核字（2019）第 032801 号

责任编辑　韩瑞华
封面设计　樱　桃
责任印制　黄雪明
出版发行　生活·讀書·新知 三联书店
　　　　　（北京市东城区美术馆东街 22 号）
邮　　编　100010
印　　刷　常熟市高专印刷有限公司
排　　版　南京前锦排版服务有限公司
版　　次　2019 年 5 月第 1 版
　　　　　2019 年 5 月第 1 次印刷
开　　本　650 毫米×900 毫米　1/16　印张　14.5
字　　数　194 千字
定　　价　49.00 元

俄苏文学经典译著

# 出版说明

　　本丛书是对中国左翼作家所译俄苏文学经典一次系统的整理和展现，所辑各书均为名家名译，这不仅是文献和版本意义上的出版，更是对当时红色文化移植的重新激活。

　　早在 1948 年生活书店、读书出版社、新知书店合并为生活·读书·新知三联书店前，三家出版社就以引介俄苏经典文学和社会理论图书等为己任。比如 1937 年生活书店出版托尔斯泰的《安娜·卡列尼娜》，1946 年新知书店出版《钢铁是怎样炼成的》。1949 年以后，虽然也有出版社对俄苏文学经典进行重译、重编，但难免失去了初始的本色，并且遗失了些许当时出版的有价值的译著；此外，左翼作家的译介因其"著译合一"的特点，在众多译本中，自有其价值；更重要的是，这些文学经典蕴含的对生活的热情、对信仰的坚守、对事业的激情在今天亦鼓动人心，能给每一位真诚活着的人以前行的动力。因此，系统地整理出版左翼作家翻译的俄苏文学经典是必要的。

　　我们在对书稿进行加工时，主要遵循了以下原则：

　　一、本丛书为重排本，由繁体字竖排版改为简体字横排版。

　　二、忠实原作，保持原译语言风格及表现方式；对书中人物及相关译名除必要的规范外基本保留。

　　三、原书注释如旧，编者所出的注释，均以"编者注"标明，以示与原书注释的区别。

四、对原书中各种错讹脱衍之处，直接订正。

五、数字只要统一、规范，基本沿用；对标点符号的用法，尽可能做到规范。

六、在不影响原译意的情况下，对个别表述可能有歧义的字句进行必要斟酌处理。

俄苏文学经典译著

# 总　序

　　生活·读书·新知三联书店推出"俄苏文学经典译著·长篇小说"丛书，意义重大，令人欣喜。

　　这套丛书撷取了 1919 至 1949 年介绍到中国的近 50 种著名的俄苏文学作品。1919 年是中国历史和文化上的一个重要的分水岭，它对于中国俄苏文学译介同样如此，俄苏文学译介自此进入盛期并日益深刻地影响中国。从某种意义上来说，这套丛书的出版既是对"五四"百年的一种独特纪念，也是对中国俄苏文学译介的一个极佳的世纪回眸。

　　丛书收入了普希金、果戈理、屠格涅夫、陀思妥耶夫斯基、托尔斯泰、高尔基、肖洛霍夫、法捷耶夫、奥斯特洛夫斯基、格罗斯曼等著名作家的代表作，深刻反映了俄国社会不同历史时期的面貌，内容精彩纷呈，艺术精湛独到。

　　这些名著的译者名家云集，他们的翻译活动与时代相呼应。20 世纪 20 年代以后，特别是"左联"成立后，中国的革命文学家和进步知识分子成了新文学运动中翻译的主将和领导者，如鲁迅、瞿秋白、耿济之、茅盾、郑振铎等。本丛书的主要译者多为"文学研究会"和"中国左翼作家联盟"的成员，如"左联"成员就有鲁迅、茅盾、沈端先（夏衍）、赵璜（柔石）、丽尼、周立波、周扬、蒋光慈、洪灵菲、姚蓬子、王季愚、杨骚、梅益等；其他译者也均为左翼作家或进步人士，如巴金、曹靖华、罗稷南、高植、陆蠡、李霁野、金人等。这些进步的翻译家不仅是优秀的译者、杰出的作家或学者,同时他们纠正以往译界的不良风气,将翻译事业与中国反帝反封建的斗争结合起来,成为中国新文学运动中的一支重要力量。

这些译者将目光更多地转向了俄苏文学。俄国文学的为社会为人生的主旨得到了同样具有强烈的危机意识和救亡意识,同样将文学看作疗救社会病痛和改造民族灵魂的药方的中国新文学先驱者的认同。茅盾对此这样描述道:"我也是和我这一代人同样地被'五四'运动所惊醒了的。我,恐怕也有不少的人像我一样,从魏晋小品、齐梁词赋的梦游世界中,睁圆了眼睛大吃一惊的,是读到了苦苦追求人生意义的 19 世纪的俄罗斯古典文学。"[1] 鲁迅写于 1932 年的《祝中俄文字之交》一文则高度评价了俄国古典文学和现代苏联文学所取得的成就:"15 年前,被西欧的所谓文明国人看作未开化的俄国,那文学,在世界文坛上,是胜利的;15 年以来,被帝国主义看作恶魔的苏联,那文学,在世界文坛上,是胜利的。这里的所谓'胜利',是说,以它的内容和技术的杰出,而得到广大的读者,并且给予了读者许多有益的东西。它在中国,也没有出于这例子之外。""那时就知道了俄国文学是我们的导师和朋友。因为从那里面,看见了被压迫者的善良的灵魂,的酸辛,的挣扎,还和 40 年代的作品一同烧起希望,和 60 年代的作品一同感到悲哀。""俄国的作品,渐渐地绍介进中国来了,同时也得到了一部分读者的共鸣,只是传布开去。"鲁迅先生的这些见解可以在中国翻译俄苏文学的历程中得到印证。

中国最初的俄国文学作品译介始于 1872 年,在《中西闻见录》的

---

[1] 茅盾:《契诃夫的时代意义》,载《世界文学》1960 年 1 月号。

创刊号上刊载有丁韪良（美国传教士）译的《俄人寓言》一则。[1]但是从1872年至1919年将近半个世纪，俄国文学译介的数量甚少，在当时的外国文学译介总量中所占的比重很小。晚清至民国初年，中国的外国文学译介者的目光大都集中在英法等国文学上，直到"五四"时期才更多地移向了"自出新理"（茅盾语）的俄国文学上来。这一点从译介的数量和质量上可以见到。

首先译作数量大增。"五四"时期，俄国文学作品译介在中国"极一时之盛"的局面开始出现。据《中国新文学大系》（史料·索引卷）不完全统计，1919年后的八年（1920年至1927年），中国翻译外国文学作品，印成单行本的（不计综合性的集子和理论译著）有190种，其中俄国为69种（在此期间初版的俄国文学作品实为83种，另有许多重版书），大大超过任何一个国家，占总数近五分之二，译介之集中可见一斑。再纵向比较，1900至1916年，俄国文学单行本初版数年均不到0.9部，1917至1919年为年均1.7部，而此后八年则为年均约十部，虽还不能与其后的年代相比，但已显出大幅度跃升的态势。出版的小说单行本译著有：普希金的《甲必丹之女》（即《上尉的女儿》），陀思妥耶夫斯基的《穷人》、《主妇》（即《女房东》），屠格涅夫的《前夜》、《父与子》、《新时代》（即《处女地》），托尔斯泰的《婀娜小史》（即《安娜·卡列尼娜》）、《现身说法》（即《童年·少年·青年》）、《复活》，柯罗连科的《玛加尔的梦》和《盲乐师》，路卜洵的《灰色马》，阿尔志跋绥夫的《工人绥惠略夫》等。[2]在许多综合性的集子中，俄国文学的译作也占重要位置，还有更多的作品散布在各种期刊上。

其次翻译质量提高。辛亥革命前后至"五四"高潮前，中国的俄国

[1] 可参见笔者在《二十世纪中俄文学关系》（学林出版社，1998；高等教育出版社，2002）中的相关考证。
[2] 这套丛书中收入了这一时期耿亚权译的柯罗连科的《盲乐师》（商务印书馆，1926）。

文学译介均为转译本，且多为文言。即使一些"名家名译"，如戢翼翚译的普希馨《俄国情史》（即普希金《上尉的女儿》，1903）、马君武译的托尔斯泰的《心狱》（即《复活》，1914）、林纾和陈家麟合译的托尔斯泰的《罗刹因果录》（收八篇短篇，1915）等，也因受当时译风的影响，对原作进行改动或发挥之处颇多，有的译作几近于演述。1919年以后，译者队伍与译风发生了根本上的变化。一批才气横溢的通俄语的年轻人加入了俄国文学作品翻译的队伍，其中有瞿秋白、耿济之、沈颖、韦素园、曹靖华等。以本套丛书入选译本最多的译者耿济之为例。耿济之早年在俄文专修馆学习，1919年在《新中国》杂志上发表最初的译作，即托尔斯泰的《真幸福》（即《伊略斯》）和《旅客夜谭》（即《克莱采奏鸣曲》）等作品。20年代初期，耿济之又有果戈理的《马车》和《疯人日记》、赫尔岑的《鹊贼》、屠格涅夫的《村之月》、奥斯特洛夫斯基的《雷雨》、托尔斯泰的《家庭幸福》和《黑暗之势力》、契诃夫的《侯爵夫人》等重要译作。此后他一发不可收，数十年间译出了大量的俄国文学名著，是中国早期产量最多和态度最严肃的俄国文学译介者。当然，这时期仍有相当一部分翻译家依然利用其他语种的文字在转译俄国文学作品，如鲁迅、周作人、李霁野、郑振铎、赵景深、郭沫若等。这些译者大多学养深厚，译风严谨。鲁迅在20年代前期和中期译出了阿尔志跋绥夫的《工人绥惠略夫》《幸福》《医生》和《巴什唐之死》、安德列耶夫的《黯淡的烟霭里》和《书籍》、契诃夫的《连翘》、迦尔洵的《一篇很短的传奇》等不少俄国文学作品。尽管是转译，但翻译的水准受到学界好评。

20世纪二三十年代，中国文坛开始引进苏俄文学。1931年12月，瞿秋白在给鲁迅的信中谈到：有系统地译介苏联文学名著，"这是中国普罗文学者的重要任务之一"[1]。不少出版社在20年代末相继推出

[1] 瞿秋白：《论翻译》，见《瞿秋白文集》第2卷，人民文学出版社1954年版。

"新俄文学"作品专集。最早出现的是由曹靖华辑译、北平未名社1927年出版的《白茶（苏俄独幕剧集）》一书。而后，鲁迅、叶灵凤、曹靖华、蒋光慈、傅东华、冯雪峰和郭沫若等辑译的各种苏联文学作品集相继问世。这一时期，译出了不少活跃于十月革命前后的苏俄著名作家的作品。比较重要的有：拉夫列尼约夫的《第四十一》、革拉特珂夫的《士敏土》、绥拉菲莫维奇的《铁流》、法捷耶夫的《毁灭》、聂维罗夫的《不走正路的安得伦》、雅科夫列夫的《十月》、伊凡诺夫的《铁甲列车Nr.14-6》、富曼诺夫的《夏伯阳》、肖洛霍夫的《静静的顿河》（前两部）和《被开垦的处女地》、奥斯特洛夫斯基的长篇小说《钢铁是怎样炼成的》、诺维科夫-普里波伊的《对马》、马雅可夫斯基的诗集《呐喊》、爱伦堡等人的报告文学集《在特鲁厄尔前线》和阿·托尔斯泰的剧本《丹东之死》等。

这一时期，作品被译得最多的作家是高尔基。最早出现的是宋桂煌从英文转译的《高尔基小说集》（上海民智书局，1928）。这部小说集中载有《二十六个男和一女》和《拆尔卡士》（即《切尔卡什》）等五篇作品。最早出现的单行本是沈端先（即夏衍）从日文转译的高尔基的《母亲》。[1] 30年代中国出版的有关高尔基的文集、选集和各种单行本更多，总数达57种，如鲁迅编的《戈里基文录》、瞿秋白译的《高尔基创作选集》、黄源编译的《高尔基代表作》、周天民等编选的《高尔基选集》（六卷）等。此外问世的还有：鲁迅等译的短篇集《恶魔》和《俄罗斯的童话》、史铁儿（即瞿秋白）译的《不平常的故事》、巴金译的短篇集《草原故事》、丽尼译的《天蓝的生活》、钱谦吾（即阿英）译的《劳动的音乐》、蓬子译的《我的童年》、王季愚译的《在人间》、杜畏之等译的《我的大学》、何素文译的《夏天》、何妨译的《忏悔》、罗稷南译的《四十年间》、赵璜（即柔石）译的《颓废》（即《阿尔达莫诺夫家

---

[1] 该书1929年由上海大江书铺出版第一部，次年出版第二部。

的事业》)、钟石韦译的《三人》、李谊译的《夜店》(即《底层》)和贺知远译的《太阳的孩子们》等。

进入 20 世纪 40 年代,由于苏德战争和太平洋战争的爆发,中国文坛把自己的目光转向了苏联卫国战争文学。1942 年在上海创刊(1949年终刊)的《苏联文艺》发表的各类作品的总字数达六百多万字,其中大部分是反映苏联卫国战争的文学作品。此外,仅就单行本而言,各出版社出版或重版的此类书籍的数量有百余种之多。这些作品极大地鼓舞了中国人民反抗外族入侵和黑暗统治的斗志。也许今天的人们已经淡忘了它们,有些作品从艺术上看似乎也有些逊色。但是,其中经受住了历史检验的优秀之作,仍值得我们珍视。这一时期,苏联其他一些文学作品也有译介。值得一提的有:肖洛霍夫的《静静的顿河》(全译本)、叶赛宁、勃洛克和马雅可夫斯基合集的《苏联三大诗人代表作》、阿·托尔斯泰的《苦难的历程》和《彼得大帝》、费定的《城与年》、奥斯特洛夫斯基的《暴风雨所诞生的》、潘诺娃的《旅伴》、克雷莫夫的《油船德宾特号》、波列伏依的《真正的人》、卡达耶夫的《时间呀,前进!》、列昂诺夫的《索溪》、冈察尔的《旗手》(第一部)、包戈廷的剧本《带枪的人》《苏联名作家专集》(共五辑)等。其中不少名著在这一时期初次被译成中文。可以说,至 20 世纪 40 年代末,苏联重要的主流文学作品译介得已相当全面。

1919 年以后的 30 年间,译介到中国的俄苏文学作品产生了巨大的影响。钱谷融教授曾经生动地描述过抗战时期他随学校迁至四川偏远小城,在那里迷上俄国文学的一些情景。他还表示自己"是喝着俄国文学的乳汁而成长的","俄国文学对我的影响不仅仅是在文学方面,它深入到我的血液和骨髓里,我观照万事万物的眼光识力,乃至我的整个心灵,都与俄国文学对我的陶冶薰育之功不可分。我已不记得最先接触到的俄国文学名著是哪一本了,总之是一接触到它就立即把我深深地吸引住了,使我如醉如痴,使我废寝忘食。尽管只要是真正的名著,不管它是英、美的，法国的，德国的，还是其他国家的，都能吸引我，都能使我迷醉。但是论其作品数量之多，吸引我的程度之深，则无论哪一国的文学，都比不上俄国文学"。这样的感受和评价在那一时代的知识分子中并不罕见。

由于社会的、历史的和文学的因素使然，中国知识分子（特别是左翼知识分子）强烈地认同俄苏文化中蕴含着的鲜明的民主意识、人道精神和历史使命感。红色中国对俄苏文化表现出空前的热情，俄罗斯优秀的音乐、绘画、舞蹈和文学作品曾风靡整个中国，深刻地影响了几代中国人精神上的成长。除了俄罗斯本土以外，中国读者和观众对俄苏文化的熟悉程度举世无双。在高举斗争旗帜的年代，这种外来文化不仅培育了人们的理想主义的情怀，而且也给予了我们当时的文化所缺乏的那种生活气息和人情味。因此，尽管中俄（苏）两国之间的国家关系几经曲折，但是俄苏文化的影响力却历久而不衰。

在中国译介俄苏文学的漫漫长途中，除了翻译家们所做出的杰出贡献外，还有无数的出版人为此付出了艰辛的努力，甚至冒了巨大的风险。在俄苏文学经典的译著中，我们常常可以看到商务印书馆、中华书局、开明书店、文化生活出版社等出版社的名字，也常常可以看到三联书店的前身生活书店、读书出版社、新知书店的名字。这套丛书中就有：生活书店1936年出版的、由周立波翻译的肖洛霍夫的小说《被开垦的处女地》，生活书店1936年出版的、由王季愚翻译的高尔基的小说《在人间》，生活书店1937年出版的、由周扬和罗稷南翻译的列夫·托尔斯泰的小说《安娜·卡列尼娜》，新知书店1937年出版的、由梅益翻译的普里波伊的小说《对马》，读书出版社1943年出版的、由王语今翻译的奥斯特洛夫斯基的小说《暴风雨所诞生的》，新知书店1946年出版的、由梅益翻译的奥斯特洛夫斯基的小说《钢铁是怎样炼成的》，生活书店1948年出版的、由罗稷南翻译的高尔基小说《克里·萨木金的一生》。熠熠生辉的名家名译，这是现代出版界在中国文化发展史上写就的不可磨灭的一笔。这套丛书的出版也是三联书店文脉传承的写照。

　　尽管由于时代的发展，文字的变迁，丛书中某些译本的表述方式或者人物译名会与当下有所差异，但是这些出自名家之手的早期译本有着独特的价值。名译与名著的辉映，使经典具有了恒久的魅力。相信如今的读者也能从那些原汁原味的译著中品味名著与译家的风采，汲取有益的养料。

陈建华

2018 年 7 月于沪上西郊夏州花园

# 目　录

# 译者小序

　　本书为新俄（现俄罗斯）作家潘特里芒·罗曼诺夫所著。罗曼诺夫在革命初期，还不见得十分著名，可是近几年来，他的声誉却异常增高了。他是一个写实主义者，大部分还是继承着俄罗斯"大文学"的传习。他善于表现革命后的社会生活，尤其善于描写革命后的男女关系。

　　他的著作很多，最大的长篇为《露西》。本书是他最近的长篇，主旨在于描写新旧恋爱观的冲突。这不是普通的恋爱小说可比的，它实在含有伟大的意义。我们由此不佀可以了解革命后的男女关系，而且可以了解革命的趋向。读了这一本书之后，我们就可以看见我们中国现今的恋爱小说，是如何无聊，是如何浅薄了。

　　关于罗曼诺夫的作品，俟有机会时再做详细的介绍，现在且将他的这一本书译献给中国的读者。我希望读者们读了这本书时，能够得到一点儿什么新的启示。

　　　　　　　　　　　　　　一九二八年十二月二十日于德国柏林

一

　　当谢尔格的妻用手将脸掩着从房间跑出去的时候，谢尔格仍旧坐在软的靠椅上。在这把软的靠椅的旁边，她刚才向谢尔格跪立着，当她将一切的事情都公开了之后……

　　这件事情的发生，是在他们未看完两幕，而即从戏院回来的时候。柳德米娜在戏院中受了意外的刺激，陷于震动而可怕的现状，谢尔格不禁担心她的判断力要失了作用。他很用力地将她扶上了马车。就在这种疯狂的失望之中，她向他承认了一切。现在在他的面前，还是立着她那张由于恐怖而改变了的面孔，那种由走廊跑进戏厅时的面孔。

　　谢尔格的面孔没有失去自己的平静的常态。似乎现在所发生的事情，对于他没有任何的印象。在自己写字台的前面，他不动地坐着很久，然后不晓得为着什么，他注视到日历的纸页，在这一页上印着昨天六月三十日的号数。他想把它转到七月一日，但他终究没转动它，而仍旧坐着。

　　事情，自然不在于如她所想的那样，他说着即拿起笔来，预备写一封最后的信给她，但是他又停住了，似乎要先向自己解释得明明白白的，到底所经过的是什么一回事。

谢尔格用手将头发向头后理一理，起来在房间内走了一圈，绕过饭桌旁边的椅子，将汗衫的围领整一整，又坐了下来；后来又立起身来在房间内踱来踱去，注视着脚下的东西，用皮鞋践踏着地毯的毛须，似乎很为着这种东西所引诱着了似的。

带着一点儿冷笑的神情，他将全房间及其地毯、沙发、书桌……用眼环视了一下。向着这些东西，他不久的时候曾很为欢喜过的。

还不久的时候，他为这件事情迷惑住了。他不过是一个乡下佬，他的父亲就是到现在还是耕着土地，而他现在居然住在都城里，得着了这么一个有知识的女人和这么好的住室。

那也是不大很久的事情，他曾攻击过那一班忘了本的同志们，他们跑到城市来了，失去了自己的毅力及对于外界物质幸福的轻视心，而开始明白了沙发比硬椅子好，汽车较电车舒服。他们之中有很多人居然以自己的未受过教育的、衣服穿得不好的女人为羞耻，而这些女人却是不久以前与他们共同患难的、忍受过饥饿的伴侣。他们将她们抛弃了，而醉心于都城中的那些具着细腻的手腕、穿着艳装冶服的美丽的女伶们。

谢尔格在这种现象中，看见了对于革命的背叛。但是现在他自己过着这一种生活。除此而外，这个女人，他的妻柳德米娜，是这种环境的女人们之中最好的一个。她对于他的爱情是例外的、牺牲的、无微不至的。这是热情的女子的爱情，这是好嫉妒的母亲的爱情。她在自己的身上，似乎具着女子所有的优点……

也就因此他此刻要向她写这一封残忍的、可怕的信。

这是谁的过错呢？可以说他是不对的吗？难道可以说一棵植物是不对的吗，当它长着长着，从豆壳里挤将出来，而将豆壳离开了？

是的，在这些时候他生长了。这是命运的苦谑；或者他生长了由于柳德米娜，由于经常同她的争斗……

她是那一种文化的代表。在起始的时候，谢尔格在它——那一种文化的面前，觉着自己是胆怯的，而且是不相配的。然而现在他却接到了审判自己老师的勇气。

在五年以前，他是一个乡下佬，就如他的弟兄和父亲是乡下佬一样。后来紧张地生活在一个前线上的小城市中，在这个小城市中，他被选为执行委员会的委员而担任教育科主任之职，同时他还是一个兵士，因为时常不得已要抛却学校的课程，而走向前线或向隐藏面包的农民们打仗。周遭都是破败、病疫、死亡，及由于生活恐慌而疯狂的人们。

经过这些之后，他到莫斯科来了。

他在莫斯科前一些月的生活，啊，那是如何不像他现在的生活啊！他那时感觉到为与群众的合流所沉醉了。他感觉到从来未有过的兴奋，好像这些人们生活的合流，成为一种伟大的生活，而在一种共同的思想和共同的热情之光海中波荡着。

因此，当他每一与群众有了活泼的接触之后，他就有特别的精力与明晰的思想之来潮，而前进的倾向更为之加增。

但是也有别一种类的群众。这是在剧院里、马戏场里、夜晚的电光下的街道上的群众。这已经可以说不是群众，而是流动的人堆，为笑声、目光、衣色所闪耀的人堆。

只要他有一晚上在这种人堆中混一下，那他的房间就开始让他觉着是陈腐的、空洞的，而自己的工作是枯寂的，认为谁也不需要的。他似乎一下就觉察出来了，他的房间的确是不成样子。

实在的，在他的房间内只立着一张光的桌子，在这一张光的桌子之上，他做过工、饮过茶、吃过面包与香肠。此外，只是几把木椅，一把蜡布包皮的长靠椅。

无论他怎样想将这间房子改换另一种面目，但结果总是枉然。

但是与他并存着的是，这种已被破毁的阶级的别种生活。在舞台上，或是在日常的生活里，他看见与他不同阶级的女人们，她们的手美而细腻，衣服光彩而艳丽，大约她们的感觉也是温柔而委婉的。她们简直不像他的那穿着长布衣的，两只手总是因为洗衣而冻得红肿的女人格鲁莎。

这些女人们的美妙的心灵，本是为一切诗人们所歌咏的。她们所能给予的那种爱情，谢尔格仅是在那无数的书上得以知道。当他在小城中的一所小学校读书的时候，他是对于这些为诗人所歌咏的东西，百嚼而不厌的。

他常常想到，有一种什么伟大的生活的一部分，也许是最美妙的、最细腻的、最动人的一部分，对于他将永远是不可捉摸的。他以为他与格鲁莎的生活，及他们两人间的爱情，绝对不能算作如他所想象的那种东西。

这在他的孤独的生活中，可以说是最有力量的诱惑了。这是一种隐而不露的思想，这是一种对于自己的背叛，他总是将它藏匿着。藏匿着，藏匿着，可是它还是要爬将出来！时常与一个共事的同志彼得鲁亨（从前的工人）相遇，谢尔格看见他与一个穿着很好的服装的女郎经过走廊走过去了，不禁要立着向他们的身后望去，一直要等他们走出门为止。

有时他一个人在房间里，走向镜子前面，向自己望了很久。他的高耸的身材，向后梳的、显现着波纹的卷发，银灰色的尖须……这一切都表现着他是一个真正的有知识的、城市中的美男子。乡下佬的痕迹仅仅留在手上——指头的关节和指甲非常粗而大，尤其是在两根大手指头上更是显然。具着这一种手，怎么能走近她们呢？

啊，最后，他是与她遇会着了。他是如何清晰地记得这第一次的遇会，就是一点儿痕迹他都是记得的。现在这一切当然都完结了。

这是去年冬天的事情……他到劳动艺术局去，为着要解决关于为他所组织的工人俱乐部的几个问题。

当他将要走进他所需要的那一间房子的时候，经过他的面前，有一个身材很高的年轻的女人，手里持着纸匣，很轻快的脚步走入他将要进去的那一间房门。谢尔格仅来得及注意到她的浓厚而美丽的头发。她穿着很紧的上衣，紧贴着胸部与腰部。当她穿着粗布的短裙在谢尔格面前闪过的时候，她留给谢尔格的印象是轻快而有精力的。

她回转来了，随手带来一些什么文件，向着桌子坐下，头也不抬，就开始将它们审视起来。一会儿她的手停住了，目光转移到旁边去了，她深深地叹了一口气，但即刻她又振作起来。用着细腻的手指持着纸，她开始用很快的大笔画写将起来。

谢尔格走近她的面前。她听着他说话，不抬起头来，一面将铅笔在纸上划着，后来她瞟看了他一下。她很平静地将眼睛挪开，但即刻又瞟看了他一下，这已经与他所说的话没有关系了。

将话说完了，谢尔格也是用的这种目光看着她。在她的腮庞上隐约地现出来一点儿红晕。她将眼光低落到纸上，向谢尔格说道，她即刻为他办清楚。她还是那么轻快地走入隔壁的房间，只有一分钟的辰光，她转来带着一些必要的消息。她一面倚着桌子向他说话，一面用着她那美丽的手整理桌上所有的文件。而谢尔格望着她，暗自想着，在这个女人的身上有许多潜伏着的精力、紧张的耐性。

谢尔格为这种思想所包围着了，不禁这样逼近地望着她，使得这个年轻的女人一瞬间静默住了，似乎他那异常的目光把她弄得惊异起来。

于是在她的腮庞上，又隐约地起了一层红晕。

当谢尔格走出的时候，他随身将门带上，不禁再向这个女人瞟看一番。

她倚着桌子立着，很有趣地随着他的身后望着，但是当一看见他回身向她望着的时候，便即刻将头低下，又审视桌上的文件了。

# 二

　　后来，在劳动艺术局的走廊和街上，有了几次很偶然的、完全意外的遇会。

　　有一次，他们在楼梯的间地碰着了。那时柳德米娜手中持着一个蓝色的纸匣，预备穿了衣服回家去。

　　"我们总是常常地遇会着呢。"谢尔格问候她，这样同她说。

　　"很显然，这是命运啊。"柳德米娜有点儿难为情的样子，红起脸来，微笑着回答谢尔格。

　　似乎要用这些初次交换的不重要的话语，他们想掩蔽他们中间所已经发生的东西，使他们相互间不能漠然的东西。他们一块儿走出门来。

　　那时是平静的、暗淡的阴天，下着雪，雪的小花片落到人们的衣袖、帽子及眉毛上。

　　他记得他那一种羞怯和笨拙的情形，他不会将他开始所说的关于图书馆和俱乐部的话语，转到一点儿别的什么事情。

　　有一次她忽然很快地将他的袖子抓住，将他停住了：原来汽车飞过他们的面前，而谢尔格没有觉察到这个。

没有从他的袖子将手拿开，柳德米娜瞟看着他，微笑起来。这一种微笑可以表示出她把他从危险中救出来了，或者表示一种别的什么，但无论怎样，这与图书馆并没有什么关系……

"我原是一个简单的乡下佬，"当时谢尔格出乎意料地说道，"我不晓得同你说些什么话好，谢谢这一辆汽车，我似觉被它教会了。"

他忽然觉得自由起来，话自然而然地流出来了。

听了他的第一句话，柳德米娜很惊异地并更加有趣地举起眼睛向他望着。

"我是永不会这样说的啊，"她很费思索地说道，"你的说话是很规矩而有知识的呢。"

"我读了很多的书。"

忽然发生了什么事情……年轻的女人向街的对面望了一下，很奇特地惊慌起来，便低下头来，放快了脚步。这时她的面孔陷于一种不可表现的神情。

谢尔格很机械地也向那里望了一下。那边走着一个戴着细羊皮冬帽（普通为优伶所戴的）的高身的男子，他穿着很时髦的、羊毛围领的短大衣。

谈话中断了，于是谢尔格又觉得不知说什么话好，并且觉得他在这个女人的面前有点儿羞怯。在他与她之中，放下了一块不可浸透的帐幕，似乎柳德米娜忘却了他的存在，而只惊恐地预防着，好像等待什么人喊叫她，或什么人跑来同她说话。

"我对于你们阶级中的女人没有习惯啊。"谢尔格说道，"我觉着同你在一道儿总是拘束得很呢。仅仅刚才我轻松了一点儿，忽然又同什么东西改变了似的。你似乎离开我而将自己隐匿起来了。"

柳德米娜在狭路上略略朝前走了几步，听了谢尔格这几句话之后，便停住了，好像要等一等谢尔格走上前与她并列起来，很注意地，温存地，望着他说道："这与你并没有关系啊……你这样神经过敏。"沉默了一会儿，便添说了这么一句。于是那一种注意的神情和一种什么很温存的好奇心，又在她的话语中响将出来。

"我并不是完全如你所想，是那一个阶级的人啊。我是莫斯科的有钱人的财产之经理者的女儿……自然他们是过去的。"她这样添说着，"我与主人们的孩子们一块儿长大起来，所受的教育也与他们所受的一样，就是现在我还同我们主人的大女儿要好。她在莫斯科住着。但是对于她们，我究竟是低等阶级的一个人啊。在他们的眼睛里，劳动的知识阶级总是要低一层的，因为所有的东西仅是由于薪金得来的。"

诉说着这些，她是用着很低的声音，就同一般人同他们的朋友和亲近的人们说话一样。谢尔格那时捉摸住了这种说话的语气，于是在滑的一段路上，便用手拉着柳德米娜，即刻感觉到细皮袍袖里的她的腕臂的温热。他走着，似乎完全不注意这一层，而只安心地听着柳德米娜所叙述的一切。

她似乎也没注意到与一个不大相熟的男人手挽着手儿走着，而只略微有点儿兴奋的样子，继续说道：

"那时我对自己说，我要离开这种环境，我仇视它，因为它看不起人，仅仅是因为他没有钱，不是贵族。我要强逼人们向我两样看法。于是，虽然那时对于我的老人家这是可怕的现象，然而我当女伶去了。我在省城里整整流浪了一年。但是我没有才干……于是后来，在革命的期间，我便在管理部中工作。大约此处有一点儿遗传的影响，因为我觉着此处是我的位置啊。我相信我自己的脚跟已立得稳了……"

"这一层我一眼就看见了呢。"谢尔格说，"当我遇着你的时候，你走路的样子，我觉着只有稳固的脚跟的人们才能这样走法啊。"

她的脸泛红起来了，一者由于她走得很快，二者由于她说了上边一些话。似乎因为要向谢尔格表示感激，她用自己的肘将谢尔格的手轻轻地紧了一下，又继续说道：

"革命把我教会了把持着生活的权利。从前有许多人们在心灵的深处，曾轻视过我，但是现在我不比他们为坏啊。我感觉到为生活而奋斗的美妙了。我现在有了自己的骄傲。这是用着自己的双手而获得面包的人的骄傲。无论给我什么事情做，我都不会手足无措的，而且我能令许多从前轻视我的人们知道现在我是在轻视他们了。这真是我非常高兴的事呢。你设想一下，这种轻视对于人们的影响是相反的呢，他们受了这种轻视，一定是要鼓起前进的倾同的。"

就同在一种什么兴奋的状态中，她很快地说着这些话。在她的身上，经过她的女性，令人感觉到一种巨大的紧张的意志。

从这时起，谢尔格感觉到有一种要时常看见她的需要了。在每一分钟的想象里，她的轻快而有精力的身材，她的有一种力量在里面潜伏着的目光，总是在吸引着他。当她同他说话，那一种亲近的态度，引得他与她有亲近的可能。她的快速转变、善于交结的才能，以及在诚实的谈话之后，她那种向他望着而带着特殊的微笑，实在惶惑他，而使他捉摸不清。在她的身上，有为他所不了解的，对于他是新颖的、别一环境中的女人的心灵。

经过这块相互间不能透视的帐幕，每一次无形的亲近，都先给他一种不可言说的快感及一切力量的增高。

但是一种很尖锐的猜疑，将他烦恼住了。当他们在街上走着，遇着那个像伶人一般的高身的男子的时候，他即刻察觉出来她内心有了变动。在他们中间曾有过什么关系，或者现在有什么关系？

经过一礼拜，他与她遇着了，在这一次她先请他到她的家里去。

首先，他那时所看见的，就是当柳德米娜穿着半身皮袍走进自己房内的当儿，那间房子所给予他的，为他从未看见过的、一种清洁的印象。一把柔软的长靠椅，它的前面摆着一张圆桌；异常洁白的床铺，它的一半为低的屏风所遮蔽住了；一个美丽的梳妆台……

啊，现在在他的忆海里，就是一丝一毫的痕迹，都活生生地涌现着。他可将这些东西很详细地回想起来。这或者因为回到家来，他整个的礼拜都生活在这次遇会的意味里。

他记得，柳德米娜用着怎样的状态，脱去身上的皮袍与头上的帽子，上身只穿着绣花的短衣，这样的状态表示着女人走到自己的家里来了，不再要到任何的地方去了。她的头发很浓厚地在头上蓬松着。她在镜子面前略将头发拢一拢，便转过脸来向着谢尔格，两手轻摆了一下，好像表示她已经预备好了。

而谢尔格却在想着那种事情：这个高身的男人到底是谁呢？如果能够得知他们俩之间没有什么关系，那可是再巧妙没有了。他还想到，这个是为他所不能接近的、不相识的漂亮的女人，而他现在居然能在她的房间内走来走去，同她谈着话。

"我每次看着你，就想着，你是一个如何健壮的人啊，就同锻炼过了的样子。"

柳德米娜向他举起了目光，亮晶着就同火星子一样，然而即刻便消失了。于是她叹起气来，然而又谨慎地将它忍着，这使她胸前的短衣慢慢地升起，又慢慢地低落下去。

她坐在长靠椅上，腿压着腿，用着那美丽的双手撑着自己的头部。

"有些东西，"她闭着眼睛慢慢地说道，"是比什么健壮、耐性，要更有价值些，因为无论你用什么健壮和耐性，都是把它们得不到的啊。"

她将手从头部拿开，换换坐的姿势，说道：

"我立起脚来，人们看重我、敬佩我，以我是一个能够工作的女人，而且因为这个，他们付给我金钱。但是一切在我内里的东西，似乎于事情无关紧要的，都被抛弃着，成为没有任何人需要、对于什么也没用的东西。这简直可以说不是抛弃，而是很简单，我的生命没有什么人需要就是了……需要的仅仅是我的劳力。"

谢尔格为她的话所诧异住了，停立在房间的当中，向她望着。

"不对啊，现在所需要的，恰恰不单是劳力啊。"谢尔格轻轻地然而很郑重地说，这使得这位年轻的女人向他盯着眼睛，"我们需要建设，因此我们需要新的汁液、新的还未被人说出的语言，而这些东西正是要从那些到现在被人视为无用而抛弃的东西才能得来呢。这些东西当然不躺在表面上，而是蕴藏在伟大的深处。

"你从什么地方知道这个呢？"柳德米娜很惊异地插着这样问。

"从那个地方，从那地方你……"

"但是我有很充足的文化的预备啊……可是你们从什么地方得来呢？"

"这对于文化没有什么关系，或者与它相冲突呢。"谢尔格说。

他望着年轻的女人，然而不能确知她是什么意思。她的冷静的、潜伏着的好奇的目光，这时完全变了。她的眼睛为一种什么新的活力所燃烧着。当谢尔格走到长靠椅的时候，她将他的手拿着，很久逼视着他，似乎很急于试探什么东西，而下一个确定似的。于是在她的身上，他又看见了这一种热情的紧张。

最后，她好像说她自身道：

"最大的、大的幸福，那是当你的生命成为需要、成为很需要的时候。将它贡献出来，一点儿也不存留，就同伟大的宝物一样，而不像什么没有用处的东西，这才是幸福呢。"

谢尔格当时完全没有懂得地所说的意义。他说道：

"我们似乎所走的路是一个方向啊。无论如何，我现在是知道了，我可以同谁个谈谈想想，一个人思维有时是很艰难的啊。"

"一个人难于打仗，需要一个扛枪的人可不是吗？"

"恰恰需要的不是扛枪的人呢，让每一个人扛着自己的枪吧。我有一种思想，它很早地就在我的心中生长着，现在更为显然了，有一部分我已经把它应用到事业上了。我不仅在自己的生活里，而且在别人的生活里，验试着这种思想是对的。我因此什么东西都不抛弃，而将它放到事业上来。我参加一个工人俱乐部的事情，也就因为这个俱乐部的事情，那时我初次与你碰头呢。我将普通为人们所抛弃的东西，都应用到我的这个工作上去。这个俱乐部快要开幕了，我很想届时你也在座呢。如此，我觉着，除你而外，没有谁个能懂得这件事情对于我的意义啊。好吗？"

"好。"柳德米娜说。

谢尔格立起身来告别。她将他的手握在自己的手中，想说什么，然而终于没有说。

"什么？"谢尔格问。

"不，没有什么……"不过我想说，"我……对于这种遇会还没有习惯呢。"

"我也是的啊……"说着他就走出去了。顺手带门的时候，他瞟看了一下，见着年轻的女人还是立在与他握别的那个地方，而且忘了形地跟着后边望他。是的，她这样望着他。那一种望的神情完全与以前的两样，他对于此绝不会有错误的。啊，这件事情对于他是如何幸福啊！

# 三

在转住到莫斯科后，谢尔格有一时期曾做了工人俱乐部的主任。在这个俱乐部里头，组织了一个少年工人文化运动的小组，在这个小组里有从党里派来的青年著作家，大家都很热烈地向前工作。

俱乐部对于谢尔格不但是一种差事，而且是谢尔格应用自己根本思想的试验场。在他的有意识生活的初期，这种思想在他的内里已经生出来了。对于他个人，这种思想是内心的规律、行路的指南针。

他有一本灰色印花布的封面的纸簿。凡是他偶然所想到的，及在自己和环境的生活里所意识到的，他都把它们写到这本纸簿子上来。

当把他迁移到职工会工作的时候，谢尔格写着要不失去应用自己的思想到实际生活的机会，于是便在一个工厂内组成了一个工人俱乐部，进入这个俱乐部的多半是青年工人。

在那个时候，国内战争时代的英雄精神，还在生存着，因此，在这个时代所生出来的青年，还是倾向于那些英雄的热烈的事情。每一种通常的事情，他们觉着没有趣味，因为与他们所具的情绪不相符合。他们学会的仅仅是军事的任务，英勇的行动。

这一种青年可以在任何一分钟内，被鼓动着去完成任何一种英勇的行动。但是在日常的生活里，需要一种耐性的、为建设新国家那一种遥远的目的之不断的循序的努力，那他们就呈现出懒怠的样子、没有目的的纪律。

在这一种日常的生活里，青年们不表现出一点儿什么从自己身上再向生活加上去的欲望。他们不想，或者可以说不需要将自己的住室弄得好一点儿，有秩序些。当他们到寄宿舍的时候，他们就以那里所已有的为满足了。如果窗门没有关上，或者门闩毁坏了，那他们还是进出他们的，毫不介意，一直到门闩完全落掉为止。每一个看着这种事情，就好像别的哪一个人应当把它做一做似的。大家都觉着自己住在已经什么都预备好了的境况里。

除此之外，有些青年们已经显现出情绪的低落，在一种高潮过去之后，他们觉得没有什么事情可做。在开始自己的生活，在平和境况的时候，他们的那种内部的英勇的情绪，完全呈现出无力来了。

谢尔格在自己个人的路上，首先要寻到对于这个重要问题的答案：怎样才能达到一个人在自己的身上，永远有着精力与活动的源泉，而不要每一次都期待着这个源泉从别的地方或别人的手中得来呢？他自身的前进，时常遇着自己的意识与他周遭的实际的生活相抵触。如果实际的生活是与他的意识相矛盾的，那他就常常企图将这种矛盾的本质向自己弄个明白。这种矛盾给予了他思想的发动机，于是他的思想从矛盾里为他制造出来活动的根据与材料。

此地在与青年们工作的实际生活里，他觉察到青年们缺乏建设的本能。但是谢尔格由此并没看出这是对自己的阻碍，而仅仅看出这是应当要好好地制造的材料。

他决定不拿已经装修好了的房子做俱乐部，而鼓励青年们自己做出一个俱乐部来。这为着要使俱乐部成为他们自己的手、幻想和意志的事业来。

事情是照这样地做了。他们领到一幢破败的房子，没有窗户，也没有门。在大的前厅里，地板的木块毁败了，楼梯的木栏杆残缺了，大约在饥荒的年头被拆去烧掉了。

许多人问谢尔格说，他空耗费许多时间，他本可以领一所装修好了的房子，即刻就可以在里边工作起来。但是谢尔格以为重要的工作，是在于他们自己开始做事情，而不是利用已经完成的东西。

应当在自己的心里造出一种对于利用已成之物的恐惧。谢尔格看见了，恰恰真正的工作是开始于那为他们自己所做成的凹面刨上。俱乐部的每一个部员，对于俱乐部不视为一个简单的所在，而视为自己的集体的建设物，在这里就是一层楼梯、一把门栓，都是为他们自己所做成功的，因此也就含着特别的意义。

当谢尔格于职工会的公务之余，晚上走来俱乐部工作的时候，每一望及那些正在工作的孩子们，便感到很足自豪的快慰，意识到他在做一桩重要的事情，而这是由于他自己的心愿，不由于任何人的强迫。

当他意识到这一班青年将不像那一班只为着获取面包，逼不得已而求学的、消极的青年一样，觉着有不能言喻的愉快。这一班青年渐渐生出了一种别的要求——事业的要求，而不是赚钱的要求。

他很满意他所做的事情：虽然这是很少数的青年，可是他究竟能催促他们向着建设的活动走去。诸事由于自己的启发，而不是由于上边的命令。从前他们将自己的闲余的精力，用到打架、谩骂或破坏物件上去，现在他们是找到用处了。

虽然这最多不过是将精力从那破坏的恶习方面引过来的方法，虽然这在范畴上并不重大，然而这已经是一种获得的胜利了。

当谢尔格在这次遇会里，想起来了这一切，他不禁感觉到有一种新的、特别愉快的精力之来潮。原来这个女人了解他……她已经将许多新的精力倾注到他的身上了。

# 四

　　在要到俱乐部去之前，谢尔格先到同一住宅住着的彼得鲁亨那儿去一去。

　　这是一个短小精壮的，卷头发，短手臂，很有趣而圆通的人。在他的房间内总是充满着人而热闹着。吃了几瓶啤酒之后，总是要发生许多不相干的争论，在争论时他总是比别人多长篇大论一些，而且总是要卷起袖子来拍着桌子。

　　他差不多到处都抢着先：曾做过《劳动》杂志的编辑，什么一个委员会的主席，还充当着一个什么委员会的委员……

　　一礼拜以前，他与谢尔格所曾见过了几次的那个姑娘结了婚。谢尔格从前说他背叛了自己的阶级，但是现在他自己也走入背叛的路了，却想着来看一看彼得鲁亨，好跟他谈一谈俱乐部的事情。

　　当谢尔格走进的时候，彼得鲁亨正与自己的年轻的女人坐在桌子旁边，而看她做着女红。彼得鲁亨立起身来，似乎有点儿慌忙，看一看自己的女人，便请谢尔格坐下。

但是谢尔格说，他来找他，想把他带到俱乐部去看一看。

彼得鲁亨又迟疑不决而为难似的向他的女人瞟看着，等一会儿说道，他现在不能到俱乐部去，因为有人要来找他，有事情商量。此刻他没坐下，而在桌子旁边立着。

他的肥满的、金黄色头发的女人，停了自己的工作，坐在那里用手指画着白桌布，这样的情势好像人们等待着一个没被邀请的客人赶快走开似的。

谢尔格告别而去。彼得鲁亨依旧很局促的样子将他送至门口。

谢尔格不期然而然地注意到彼得鲁亨的房间的样子，内中的摆设完全变了：雪白的桌布，吃饭时用的手巾，精致的食物柜……

若在从前的时候，这种房间的摆设，及一个年轻而又文明的女人的在座，将要使他发生烦闷。他对于自己的生活将感觉到是很孤寂而无兴趣的。现在他可是非常愉快了，他想到他已经不是一个孤寂的人了。

他从前觉得这个女人（指柳德米娜）是出自与他相仇敌的世界，而现在却鼓动了他的身心。他回味着她的每一种出色的姿态，她撩发时的样子，想象着她那永远蕴藏着潜伏热情的目光。

现在这一种亲近对于他，已经不是对于自己的背叛了。这一次与她的遇会，却给了他为他以前所不知道的许多的东西。经过与精细的女子的灵魂的接触，她给予了他以敏锐的感觉，使他能懂得他以前所不能捉摸的东西。与她会遇了几次之后，谢尔格自己也变成精细些、知趣些的人了。

他曾在一个什么时候，在自己的纸簿上写道：

"凡是能增加我的生长的都是好的，凡是减少我的生长的都是坏的。"

由这种亲近，他的内部却富足起来了。这是说，这种亲近是好的。

俱乐部——一所石狮子把门的老房子——设在一个僻静的巷子里。在这个巷子里，永远是很寂静的。到晚上时，从那些为冰雪所冻凝的树木的白枝干的丛中，很妩媚地闪射着窗内的火光。

在屋内角落的阴处，还堆着木屑与刨花，充满着新鲜的松树和白杨木的气味。向楼上蜿蜒着宽大的扶梯。总是时常沉默着而尽心做自己一部分的工作的密沙，现在正在那里收拾着扶梯的栏杆。

他用着粗纸揩扶梯的栏杆。看见了谢尔格，他用手袖擦一擦脸上的汗水，又继续工作起来。

他与别人不同的地方，就是在于他从不多说话，而总是很注意地听着别人说，因此他有一种天真而可笑的样子。无论执行何种工作，他总是沉默地尽心去干。但在他的身上有一种滑稽味，使得人们都要向他逗趣。

"密沙，你又在劳动什么呀？当心点儿，裤子别要弄脱掉了啊！"

在人们这样向他嘲笑的时候，他总是很淡漠地抬起头来，说道："走过去吧，走过去吧！"说了之后，仍旧工作起来。

厅堂上边的电灯总是忽明忽暗，这时正在修理着。舞台上悬挂起了帘幕。

厅堂的中间这时卷着袖口的密斯特江立在那儿，向别人发着号令。

"先把这一头拿起来啊，"他向悬帘幕的人喊道，"然后再挂那一边，不然的话，那是不成功的啊！"

坐在扶梯上的一个瘦削的、戴着眼镜的青年团员，他的外号叫作"哲学家"，所异于常人的，是他好辩驳而善于"论理"。看一看下面，他照平常一样，从"倘若"两个字说起话来：

"倘若你这个浑蛋的脑袋，要一下子把两头都举将起来，那我问你该需要多少人啊？倘若你照这样举起来，你看，那帘幕放下来一定是很平正的。"

"一眼就看见你是活叫驴啊！"密斯特江从下面喊道，"问一问你，它因为什么放下来要平正些呢？你在那里坐着很平正，这倒不差……唉，真是活见鬼！"

密斯特江转过身来，电灯闪了一下，就熄灭了。

"你在那里乱叫些什么？请你来二吧！"坐在扶梯上面的人们向下面叫道，"你只会命令别人。"

"你们那里已经有了二十匹叫驴在那里坐着，我难道还能爬上来吗？"

"不能爬上来，那你就要闭口啊！"

"倘若一个人比别人喊叫得多些，"哲学家加着说，"那么这就表明他的脑袋是空无所有啊。"

谢尔格将外衣脱去，只穿着一件衬衫，把袖子卷起来，走向舞台上去。那里有些穿着污秽的长外衣的姑娘们，正用着蓝颜料在那刷染着舞台的后壁。

谢尔格拿起墨来，开始在舞台的侧面板上签起名来。这里每一个做一定的那一部分的工作，而在这一部分工作上面，将自己的名姓签上。

有时大家向密斯特江说道：

"你的名姓签到什么地方去呢？"

"签到你们那些毫不思想的浑蛋的脑袋上。"他咕着嘴巴说道，"如果不是每一步都用鞭子抽着你们，那你们什么东西也做不成啊。"

有一个小孩子经过一个女孩子的面前，向她的背上拍了一掌，说道：

"努力啊，鲁巴莎，努力啊！"

这个好像密沙的姑娘，庄重的态度，近视的眼睛，差不多与密沙一样。

她转过脸来，向捣乱的孩子瞅了一眼，说道：

"浑蛋！"

"你怎样，哼，我的小红果？"

谢尔格不自主地将青年们对于女人的态度，与他对于柳德米娜的态度比较一下，即刻活生生地觉得，青年们失去了许多东西。他们把这一种关系弄得太粗鲁了，低落到鄙俗的程度，这真是贬损了自己。他们似乎把对姑娘们的很有礼貌的态度，引以为羞耻的事情。他们不知道这一种恭敬的态度，能够给予一些什么东西。它能够使人温和，能够完全将人改变，就同谢尔格被它所改变了一样。

他在对于柳德米娜的关系上所感觉到的，的确似乎将他造成了另一种人。他得到了为他以前所不了解的、新的、那种细腻而温存的感觉。

但是这桩事情如何告诉他们呢？如果告诉他们，那不过是成为一文钱不值的宣传而已，一点儿结果也不会得到。

完结了自己的工作，谢尔格绕着各房间走着。一切都预备好了，等着开幕了。这一所房屋居然改变了外表。他现在可以自豪了。

还有一点儿地方没完全做好。但是谢尔格想赶快把俱乐部开起幕来；而一切零碎的事情，如油漆扶梯的栏杆之类，只得等到后来。

"孩子们，我们于十五号能够开幕吗？"

哲学家扶一扶自己的眼镜，用眼向墙壁兜了一转，说道：

"倘若我们只论外表，而不问实质，那我们是可以来得及的。"

# 五

谢尔格记得俱乐部开幕的那一晚上，在那一晚上，很意外地解决了一切……

谢尔格故意地先到柳德米娜的家里，为着要在同她到俱乐部之前，在她家里坐一会儿。

当他走至柳德米娜的家里时，她正在卷烫头发，一手用夹子夹着太阳穴边的卷发，一手将门开开，让谢尔格进来。

红一红脸，她跑到屏风后边，那里立着梳妆台，向着镜子坐下，说道：

"你可是将我难为住了。我没想到这是你啊。请你将背朝着我坐下吧，我有点儿拘束呢。"

谢尔格即刻将背朝着她坐下，而且他因此感觉到这时他自己是很愉快的：一个年轻的女人居然在他的面前，连这种梳头的普通事情，都有点儿拘束起来，并且很愉快地感觉到他是一个有礼貌的人。同时，他又很愉快地感觉到，虽然他的座位离她不过三步，而她竟能在这种情状之下做着这种梳头的事情。这一种羞怯的表情把他颠倒住了，似乎这个女人是一个崇高的、不可向迩的。由这种每一步与她的接近，由这种渐次地征服她对于他的拘束，谢尔格感觉到一种异常的、不像他从前所知道的东西。

"我因你，今天知道了一点儿事情。"谢尔格说。

柳德米娜很惊异地从镜子转过脸来。

"因为我？"

"是的。"

"到底是什么一回事呢？"

"今天我在俱乐部看见了以前我每天看见过的事情，但是我的态度却与从前不同了。我的一位同志拍了一下一个姑娘的项背，说道：'努力吧，鲁巴莎，努力吧！'这桩事情把我弄得不舒服了。这是因为与你认识了之后，我看见了别种对于女人的态度，为我所没有习惯的态度。"

柳德米娜默坐了许多时候，轻蹙着两眼，将钳发的夹子仍放在发上钳着，后来说道：

"你们本来决定向着这一条路上走去，要把人类多少世纪所生活着的、最美妙的东西，都摧残毁灭掉啊……你们想毁灭爱情、美丽，像你们已经毁灭了宗教一样。"

谢尔格不自主地瞅了一下那在角落里的床上挂着的一架神像。

"请问你，难道你是信神的人吗？"

"我当什么东西对于我都不剩留的时候……那时我是信神的人啊……"她这样很轻飘地说了这两句话，又继续着说道，"你们把生活都弄空泛了，你们毁灭了它的彩色，破坏了家庭。你们还有些什么东西留下来呢？你们拍着姑娘的背上叫道：'努力吧，努力吧，鲁巴莎！'现在在女人的身上对于你们还剩留一些什么呢？"

她很匆促地将头发梳好，从椅子上立起身来。

"然而尤其重要的是，你们把爱情毁灭了。你们毁灭了那一种爱情，比它再高尚的东西，在地球上是没有的。当一个人与别一个人合在一起，当他们相互地舍弃生命而不惜，这是如何神圣！爱情将人类从禽兽提到崇高的人性，爱情在人类的内部产生最美妙的诗境，然而你们把它，这个爱情，毁灭了。你们就同野人一样，来将人类所保藏的生活中的贵重东西，一切都刷洗掉了。"

她愤激地说着这些话。她的眼睛闪着一种什么新的光。

"这是一些别人的衣衫，不合于我们的身体。"谢尔格说。

"如此，你们现在将做一些什么呢？"

"开始穿起衣服来。"

"穿什么呢？"

"也许从旧的东西中，有些是中用的，"谢尔格微笑着说，"而其余的我们只得穿上新的了。"他低下头来，用手抚摩着桌毯，停一会儿说道："而你所说的，所称为最贵重的东西，我却没尝试过呢。"

柳德米娜很快地向谢尔格瞟看了一下。她穿着青紫色的、腰间悬着一个大结子的外衣。但是瞟了他一下，即刻将眼睛挪开，向着镜子走去。

"你是结过婚的人吗？"柳德米娜将背转向镜子，从那里回看后边的衣服，似乎完全为这件事情占领着似的。

"是的，我是结过婚的人了。我的妻是一个很简单的农妇。"

柳德米娜对于这话没有置答，只转过身子向镜盒子里边寻找什么东西。

"女人们，就使她们在外表上是一切都顺适的。"她停止了寻找，而不动地向着已经暗黑了的窗门说道，"现在正过着很空虚的生活。她们的最重要的东西被掠夺了。……因为爱情与家庭对于女人永远是最重要的东西……"

谢尔格那时望着这个美丽的、被锁在自己心灵内的女人，想着：难道说如她这样一个漂亮的、不可侵犯的女人，也能渴慕着爱情，而正为着爱情缺乏而痛苦吗？对于她，似乎谢尔格一句不谨慎的话都不敢说的样子。难道说也可抱着对于一切的女人的同一态度吗？

"你们的一代人还不能长于这种爱情，而我的（我，是一个女人，比你年长些）一代人对于这种爱情的能力却失去了，而且普通地说，他们似乎一切都失去了。"柳德米娜仍旧立着不动地这样说道，"但是你是一个聪明而知事的人。"她忽然直视着谢尔格。"为什么当你说到旧衣服，那些还似乎对于你们并不甚坏的旧衣服的时候，抱着一种轻蔑的态度呢？"

"我害怕一切现成的东西。"谢尔格低微地说，"当我自己感觉到这个有需要时，那我，或者，将它拿到手里呢。"

"你这样说，是因为你什么都还不知道……是因为你什么还没尝试过。"这时她的眼睛在黄昏中闪亮着很兴奋的光芒，似乎她所说出来的思想将她鼓动起来了。"你们有最大的幸福，那就是你们的一切都还在前头……"

她叹了一口气，忽然打断了话头，向谢尔格严肃地说道：

"我们走吧！"

谢尔格很久就看出在她的衣服上有一根拖着的细线，他随着柳德米娜立起身来，当她走到门边预备闭熄电灯的当儿，谢尔格从她的衣服上将这根线取将下来。

柳德米娜始而不明白是什么一回事，惊诧了一下；但是等到她在他的手中看见了这根线时，便微笑起来了，拿开这根线，同时将他的手指捏了一下，然后很快地走出了房间。

# 六

　　当他们走向电车的时候，在亮着路灯那儿的街角上，他们又遇着了那个穿着短外套的男人。

　　谢尔格这次来得及审视了他的面孔。这种自信而平静的、文明的面孔，时常要引起谢尔格的一种恶感。

　　这位先生在路灯光下很优容地脱下帽子，完全不注意到谢尔格的存在，直走到柳德米娜面前，说道：

　　"真是奇怪的命运呢，我已经第二次遇着你们了。"

　　"我仅仅第一次看见你呢。"柳德米娜说。

　　当谢尔格看见柳德米娜红起脸来，他的一颗心不禁很茫然地，然而很剧烈地跳动起来。

　　在一分钟间的慌张之后，柳德米娜的面孔又很冷淡地深锁起来了。

　　"可以给我一分钟的时间吗？"当她回答他第一句话时，这位穿短外套的先生向着她瞟了一下，便这样问道。他不等到她的同意，即拿着她的手，引到旁边去。她似乎也就很机械地顺从他了。

剩下了谢尔格一个人。为着要不立在一块地方，他慢慢地走向前去。他的口唇紧闭起来了。走了十步的光景，停住了脚步，等待着。

穿短外套的先生的声音，忽然完全变样了。他抛弃了那个卓越的声调。在他的那种降低的声音里，表现他那种卑屈而恳求的神情。

"我觉着，我们现在所说的是一些无止境的不同的东西吧？"谢尔格听到柳德米娜的声音。

"不啊，我们不是在说一些不同的东西，"不相识的人即刻惊恐地说道，"现在我所说的，正是你所说过的啊……"

"这也是已经太晚了吧？……不，我们将这种谈话停止吧！"柳德米娜忽然记忆起了什么，这样惊恐地说。

往下谢尔格什么也没听见，因为那个不相识的人把话音放得很低很低了。谢尔格仅仅看得见他那卑屈的可怜的面孔，似乎像一个临刑的人向刽子手哀求饶命一样。

"你选择了一个不利的地方啊……"谢尔格听到柳德米娜的声音。

"……我仅求一桩事情……"

"我不能够禁止这个……在老地方……"柳德米娜说完，便如跑似的离开了他，向谢尔格赶来。

谢尔格很平静地同她谈一些不相干的事情，似乎适才的遇会没给他点儿印象。他看见了她是在苦闷着，而他却故意地对于这次意外的遇会，连一句话都不提起。他私自想着，他这种很有策略的行为，柳德米娜对之一定要注意呢。

"也许我们要迟到呢，叫一辆马车好不好？"他们立在电车站而老等不到电车的到来，谢尔格问。

"请你原谅，我将你耽搁了呢。是的，顶好是叫一辆马车啊。"她回答着说，避免与谢尔格的眼光相遇。

他们叫了马车。柳德米娜坐着许多时候不说话，如同在一种很不愉快的印象之下，不知道如何向她的同伴人解释适才所发生的事情。虽然同伴人什么也没有问起，但是大概他自己是正在寻求解释呢。

"有时是很困难的，"最后，柳德米娜颤动着说道，"当一个人做了错误，然后十来次要预备把它回转过来，但是……既然一次被欺骗了，就再难相信第二次了……"

"有过什么事情呢?"谢尔格这样轻轻地问她，他的声调如同他已经明白适才的遇会的意思，而仅因为客气的缘故，自己便什么都没问起。

柳德米娜在未回答之前，将头转向谢尔格，几瞬间向他笔直地望着，似乎她先想决定：这一个与她坐在一块儿的，是一个对她很冷淡的无关痛痒的人，还是一个可以作为她的亲近的人，向他可以说出来一切……

"唉，亲爱的朋友啊，在生活里有一些这样的缺陷，是不可以很快地恢复原状的，也许永远都不能恢复原状呢……如此就失去了对于那种值得生活的东西，可以寻得到的信心……这是我的一个很亲近的友人，……他是一个很忠实的人……不，我向你公开地说吧!"忽然她这样说道，拿起谢尔格的手来，差不多将他捏到痛的地步，似乎她急于求他的保护一样。

于是她很快地、狂热地说起来了。

"这个人，他是一个名优，为女人们所捉弄坏了，当我在同我父亲的主人的女儿们一块儿生活的时候，他曾经向我献好过。他向我说了各种各样的好听的话语。但是当我明白了这不是我所要寻求的……我没有允准他什么……我同他断绝了任何的关系，当起女优来了。他说过，他是已经结过婚的人，不能为我而离婚。后来，七年以前他遇着了我，那时我已经是成人的女人了，极力地向我哀求，说他永远地想念着我，也只是为着我而生活着……但是……我是很难相信人的啊。如果我的心已经摇动一次了，那是已经不能将他挽回的。"她说着这话，口唇紧抿起来了，"这七年来，他每一次遇着我，总是向我说着同一的话。"

她将手掩着面孔，说道：

"唉，有时是如何艰难……觉得他的愁苦是我的过错，但是同时又觉悟到，我可以一失足就把他的和我的生活毁坏……因为……因为我是不爱他的啊。"

# 七

在俱乐部大门上面，闪耀着一盏亮晶晶的电灯。在宽大的前厅里，觉着一种整齐的空气。在扶梯的旁边，立着几个青年，吸着烟。放衣架的那儿，有许多人解衣服。

谢尔格引着柳德米娜，经过耸立着白石柱子的大厅，走向后房去解衣服。在大厅里，他忽然看见有几个不属于俱乐部这一组的青年团员。他们用着非善意的目光迎送着谢尔格的女同伴。

谢尔格觉着自己的血从心中奔流出来了，如同平时他在危险的时候，或在难以解决的情状之下一样。他明白了，他们现在在这个与他们不同阶级的女人身上所感受的，也就是与他自己从前所感受过的一样。他们现在的这种态度，尤其因为她利用着特权：她走向后房而不走向公众的地方去解衣。

他们之中有一个穿着外套、戴着便帽，这便帽是戴着在脑壳后边。他抽着纸烟，抽完了，便把烟屁股摔到地板上。

这事情却使谢尔格烦恼起来：这些外人，他们走来享受现成的东西，而还要批评谢尔格，并且无体统地穿着外套，戴着帽子，随便把烟屁股丢抛在地板上。

"同志，去脱衣服吧！"谢尔格停住脚步说。

那个青年团员假装没有听见，转过身去仍继续与别人谈着话。

"同志，去脱衣服吧！"谢尔格将声音抬高一点儿，已经走到他的跟前。

从解衣服的地方走来几个自己的人。他们停着步观望，并不帮着谢尔格说话，大约也是不满意于他的女同伴。

情形严重起来了。必须找一条出路，不要失去自己的身价与权威。

"同志，我最后一次向你说，我们在这里工作，用自己的手将一切弄得好好的，完全不是为着你们要到此地乱闹的啊！"

那个青年团员依旧立着不动，继续与别人谈着话。谢尔格没有办法，忽然转向自己的人们，向他们挤着眼道：

"他聋得如木桩一样，同他说是不成功的。孩子们，把他拖到大门外去吧。"

在一切的面孔上，忽然涌现出来了高兴的微笑。走出几个人来，将不听话的人抬将起来，笑着送到解衣房里。

事情是从困难里救出来了。

但是谢尔格忽然觉着自己被柳德米娜所束缚住了。为着这种情形不再有发生的可能，他找了一个位置让柳德米娜坐下，而自己跑到演剧的练习室里。

当他一离开她的时候，便又感到一种温存的意味，这由于意识到，她现在坐在这里，即刻就可以听得到他的开幕词了。

他隐约地还记得他那时演说的意思。他说，英勇斗争的时期已经终了，我们已经表示出我们有抵抗军事压迫政策的能力。军事的壮烈的行动已经走入过去了。在我们的面前，展开着新生活的园地，在这园地里急于要培植无产阶级的文化。

他解释了这种将来文化的本质：它所不同于旧文化的地方，是在于它是整个的集体的有计划的，而不是以个人为单位的文化。

"为着达到这个目的，我们应当走什么道路呢？首先我们应当在自己的身上，革去最危险的、破坏的特性。这一种特性，似乎不论在哪一个野蛮的民族里，都没有像我们这样的程度。"这时大厅里骚动起来，但是谢尔格很泰然地，似乎没有听见似的，继续说下去。他说："我们有政治的团结性，我们有团结的行动的才能，无论在军事的范围内，或在政治的意义上，都为其他民族所不及的。但是我们不能很安静地经过一所空屋，一定要打碎几块玻璃才觉舒服些。"（听众的脸上露出笑痕，互相地瞟望着。）

"我们还保留着旧的私有财产的习惯：我们将一切东西分为'我的'和'不是我的'。"谢尔格于是引用里林的话说道，"'我们懂得私事是小事，而应当懂得私事，就如大事一样。'现在我们就向着这个大事走着呢。我们必须改变我们的经济的心理。它在革命以前是一种小有产者与雇用者的心理，而现在，我们的心理应当是主人翁的心理。"

在前一排坐着两个青年团员，私下在轻轻地言论着，引动了谢尔格的注意。后来向台上面抛了许多字条，大家也就为着这些字条所分心了。为着要继续演说下去，一定要加倍地自持。

后来谢尔格说，俱乐部的工作绝不仅在于要有自己的俱乐部，而是在于将俱乐部视为集体的财产。大家为着这个集体的财产而工作，不由于上边的命令，而由于自己的心愿。

"这是我们的第一个阶段：学着照着集体的命令工作，目的不在于获取面包，而在于恢复被破坏的，建造新的物件。"

谢尔格说着这些话时，总是极力避免一般演说家所通用的口头禅，这些口头禅已经不能鼓起人们的意识，不过如和尚念经一样而已。就在这里他也害怕现成的语句与现成的思想。也许他的思想要单弱一点儿，但是这是他走着自己的路的结果。

他总感觉到一种厌恶，当他在书中或在演说时听见的同一的言语："我们的成绩""不良的倾向""有目的的停顿"……

在演说完及回答完了听众所发生的问题以后，谢尔格走到柳德米娜身边坐下，她向他转过头来，向他看了许多时候，就同看着一件对于她是新的东西的样子，轻轻地说道：

"你说了一些出色的东西呢！"

她抚摩着他的手，而她的手，如同被忘却了似的，也就留在他的手上了。于是她，为从前所未曾有过的样子，密切地、驯服地，就像是他的自己的女人一样，在他的旁边坐着。

两人向台上看着，那里正演着独幕剧，似乎没有觉察到他们俩的肩膀有时竟靠拢起来了。她并不把自己的肩膀从他的肩膀离开，后来，忽然惊颤了一下，她一下子很远地离开了他。

谢尔格的眼睛，由于她的这种动作，不禁黑暗起来了。但是他并没有望她。于是他们俩依旧向台上望着，似乎很被那台上所演的剧目所吸引似的。

后来他送她回家，但是他觉得不方便走着送她回去，便叫了马车。当她与他并排地坐下的时候，他瞄了她一眼，见着她的深沉的一双大眼，正庄严地向他望着。

这时落着雪，大的雪花落到他俩的皮袍及盖着脚的毯子上。谢尔格时常抖动毯子上的积雪，为着是要与她的身子多接触一下。

在她的住所门前下了马车。柳德米娜向这时已经布满着了星的冷空中仰望了很久。她的腮庞离谢尔格很近。后来，她看见了路那边树丛中的教堂窗口中的火光，轻轻地说道：

"看一看，这是怎样好啊！"

"是的，我也是这样觉着，这是我从前所没有过的。"谢尔格说，"就算作这是我的背叛吧。"

"什么背叛呢？"柳德米娜轻轻地问。

"对于我的阶级的背叛。"谢尔格回答着说,向那火光望着。

她忽然向他转过脸来,并且躬了身子,为着要好好地看看他的眼睛。她紧紧地握着他的手,握到痛的地步。她于是又回转身子,用着一种异常悲苦的声调,说道:

"我的上帝啊,难道说又这样吗?……难道说又不是那么一回事吗?"

"什么?"谢尔格躬一下身子向她问。

她颤动了一下,似乎他把她唤醒了似的,便振作起来,已经改变了神情说道:

"不,没有什么……我此刻望一望你的眼睛,并且向它们问道,可以不可以信任它们在一桩最……大的事情。"

"它们又说了些什么呢?"谢尔格轻轻地问。

"它们说……它们说……"柳德米娜忽然停住话头,很忽促地,也不望着他,说道:

"请回去吧!你现在必须走开……我请求你……"

她走向门前的廊沿,然而她的眼睛还是向谢尔格望着。他在扶梯上于黑暗中赶上了她。她停住了脚,很断续地向他说道:

"回去吧……不要跟着我走啊!"

谢尔格还是跟着她走,握着她的肘部。经过她的皮袖,他感到她的臂膀在如何颤动,如同发了热病一样。她用钥匙开门开了很久,但是由于手的颤动,老是开不开。后来他们走进一间电灯不大明亮的前房。

她脱下皮袍,立在他的面前。她的眼睛,这时完全变为暗淡的、炽热的,笔直地望着他。她的胸脯一上一下地起伏着。她的两唇不断地翕张着:

"回去吧!……回去吧!……我的上帝啊……"

忽然皮袍落到地板上,而她的双手很猝不及料地将谢尔格的脖子搂抱起来。她的冰冷的口唇张开与谢尔格的吻合起来,但她即刻将谢尔格推开，用手掩着面孔，跑向自己的房间去，遗下了这地板上的皮袍。

谢尔格晕花了眼睛，跟着她走向黑暗的房间去。

"你在什么地方呢?"谢尔格轻轻地问。

柳德米娜没有回答。

最后，他的手将她的肩头摸到了。年轻的女人俯躺在长靠椅上，将手掩着自己的面孔。

谢尔格想将她的手拿开，但她如同在一种恐惧的状态中，摇起头来，更将面孔隐藏得紧些。但是，她究竟没有把他推开，当她的蒙着散乱的头发的腮庞与谢尔格的接触时，她究竟也没躲避。

他记起她的那种不可侵犯的神情，及她所时常说起的对于男人们的厌恶，便不敢有点儿轻率的举动。

但是她忽然，如同被他的缓慢所惊动着了似的，将面孔转向了他，将他的头搂抱着，很饥饿地，差不多是很粗暴地，毫不知羞地，将自己张开的口唇紧紧地贴上谢尔格的口唇。

# 八

谢尔格明白了，在他的生活丑起了巨大的变动。一种女人的爱情进入了他的生活。她视这种爱情为最高尚的东西，为稀有的奇迹，这奇迹是为她永生所期待着的圣物。

她的疯狂的热情把他沉醉了。这一晚上的意外的遭遇，的确把他惊异住了。这些女人的爱情原来是这样的啊……她们总是守身很谨严的，她们总是令人猜测不定的，但是当真的机会一来到时，她们疯狂地献出一切。难道说他是叛徒吗？难道说尝试了这种事情，他就在自己面前和自己阶级的面前，做成了什么罪过吗？他因此更变为有力些。当她与他在一块儿时，她，这样了解他的人，这样爱着他的人，只是鼓起了他内里的铁的意志、勇敢的倾向，照着自己的路儿走去。

此时他记起他的老婆格鲁莎来了。他在她的面前是不是有罪呢？同她生活在一起，他从没感到他现在所感到的东西，在他的内里从没有过像现在这样鼓动着不可思议的力量。

如果他的灵魂对于他的新生活是欢欣的，那么他到底对不对呢？

但是她，他的老婆格鲁莎……她也是用尽自己的忠实来爱他的啊。她的爱有没有价值呢？他应当牺牲哪一方面呢：牺牲他原来的老婆，还是牺牲他现在的遭遇？

谢尔格不知道如何回答这些问题。他差不多一夜都没睡。

很艰难地等到了十点钟的辰光，在要去上工之前，他打了电话给柳德米娜。他记得，他那时的一颗心是如何跳动着，当他的颤动的手拿着听筒放在耳边，等待着她的回答。有一个什么女人的声音问他干什么，他向她说了。听筒放下了。他的一颗心更加剧烈地跳动起来，起了一种恐惧的感觉，同时又是一种不可言喻的欢欣。他想着，她即刻就走来听电话，即刻他就可听见她那种令他愉快的声音。

在听筒里听着很轻的脚步声，谢尔格忍着呼吸。依旧是第一次的声音，问道：

"谁个听电话呀？"

谢尔格说了，沉默了一会儿，这种沉默就像说话的人用手将听筒掩着，为着要不使对方听见，而向别人询问应当说什么话为好。

"她不在家……"听筒里女人的声音说。

谢尔格觉得他的心宛如坠落了一样。在第一分钟，他简直找不出说什么话为好。后来他的两腮被热的血液刺激得燃烧起来了。

很显然，她在家里，也许就立在电话机旁边，但一听见是谢尔格向她打电话，便连忙说她不在家。那时他想，也许她此刻想起我来，要发生一种厌恶的心情吧？……她曾被支配于一分钟间的冲动，但是她现在却自以为是高尚的灵魂一般，不愿意再回想起这种事情。

谢尔格的乡下佬的自傲心，现在升到九霄了。他于是发生了对于她的仇恨。

"一个旧资产阶级的女人想巩固一下转入新生活的脚步，但是害怕自己的'堕落'，现在便连我的面也不愿意见了。唉，滚你娘的蛋！"谢尔格愤恨地说了这几句。

　　忽然间一切都讨厌起来。事情是这样明白而简单！当他走回家时，他不过是独自在经受这些异常的感觉。而她在这个时候，也许已经蹙起眉毛，由厌恶而悲痛起来。她大约此刻很恐慌地请求那个听电话的女人，说她不在家里。

　　而他如同呆子一般，向她坦布出来自己的灵魂。难道说可以信任她的说话吗？她们的话都是虚伪到脑髓的啊！难道说他很少读过关于她们的书吗？虚伪——这是她们的天性啊！如果他们需要的时候，她们可以做出任何样子的声调来，但是她们轻视他们的心是永远潜动着的。如果问一问那些为着这些虚伪的、着美服的、有着细腻的肉体的东西，而将自己和自己阶级背叛了的同志们，难道说他们和她们在一块儿幸福吗？难道说她们爱他们吗？难道说在每一次接了吻之后，她们在他们的背后，不做出厌恶的样子吗？她们需要保全她们的生命。本来她们的阶级是死亡了的。所以她们不得不欺骗呢。而这个女人呢？这个女人自己很有力量，她不需要扶助。但是她需要爱情，这是她生活的意义，她需要她的灵魂对于谁个贵重于生活中的一切。这个女人把持得很宽呢。但是她忘记了他的皮靴熏着脚臭，而后，很显然地，记忆起来了……

　　谢尔格走到办公处，请了假，第二天晚上回到自家的乡村去了。

# 九

　　谢尔格这许多年来似乎第一次真正地想起家庭的一切，自己的老婆格鲁莎。

　　他很早地就离开家庭了。在县立学校之后，他到一家书局里充当店员的助手。这是他一生工作中之最平和的愉快的时期。起初他只读了一些有趣味而动人的书籍，后来他看见了，就是他在一类书里读了一些与他没有关系的东西，而在另一种比较稀少的书里，他意外地找到对于他至关重要的东西，这是为他所未猜到和觉察着的，对他有很大的意义。既然这个著书的人，住在地球的那边或者已经死去几世纪的人，为了这些东西，当然是很有意义的。

　　这是说在他的自己的内里，有着潜藏着的、不可目见的生活的"开始"，这个"开始"由于和这些书中所指示出来的思想相吻合而发露出来了。

　　如果他被某种书引起了一种思想，那他就很简短地记录起来，并且很快地觉察到，他的语言并不异于他所特别爱读的书上所说的，因为他不知道别种语言可以用来表现他的意识现在所看见的东西。他似乎有两种语言：一种为着表现这种思想，一种为着经常的生活。

后来他落到德国的前线。每一次当他回家的时候，他总看见那里一切依旧，一点儿也没有什么变动，便觉得他自己离开家庭日见其远，而家庭的那种狭小的，完全建筑在获取面包与金钱上边的物事，对于他成为是不可忍耐的了。

终生总是说着一样的话：市场，煤油昂贵，出卖麻子……这是他家庭生活的实质。

钱财——这是为他父亲所知道的唯一的重要的东西。无论对什么东西，他都要用钱财来尺度一下。对于他，仅仅那会赚得很多的钱的人，是值得敬慕的。

谢尔格很早地就觉得他的生活的志趣，完全属于另一方面，而不与他父亲的同调的。因此谢尔格对于家庭的生活感受到一种厌恶。

他在革命前结了婚。他的未婚妻不出自有钱的人家，因此他看出他的父亲对之异常不满意，并且时常听他说道："有钱人的女儿当然不会嫁给他的啊。天南地北一点儿都不知道，宛如在云雾中飞行一样。"他的老婆是短小的、无大知识的女人；在家庭的生活中，她也只听得见关于钱财、面包、收获……的谈话。

可是谢尔格生来就不长于那生活中的实际的一方面。如果就使他有了愿望，那他也是不会赚钱的，譬如，他不能如父亲一样，羞于因几个铜板而同人争多论寡。他羞于跑到市场上去问货物的价格，什么可买，什么可卖。他不知道为什么要害羞，仅仅是害羞罢了。但是同时他又觉得烦恼，大家都说他是无用的孩子。当他的父亲在他的面前，夸奖哪一个邻居的儿子，说他做事圆通，善寻门路，那谢尔格就觉得这只是对于他自己的笑骂。没有一个人赞助他心中所有的思想与信仰：在生活中钱财并不是最重要的、值得崇拜的东西，钱财不是最大的力量。

在他周围一切的人们都相信着，只有钱财高出一切，只有会赚钱的人是可以令人敬慕的。

谢尔格记得那一种异常的、欢欣的、胜利的感觉，当革命拿下了富人们的冠冕的时候。从前榨取资本的人们，现在都被革命所压倒了。

他还记得那个时候，他一个人首先从战线上回来，他是已经预备好了的工作者，他知道他"现在"需要做什么事情。他记得，当他被选为执行委员会的委员的时候，那一些从前不屑看他一眼的乡下的富人们，如何向他致敬，如何在他面前战抖。

能够知道、看见、感觉到世界上除钱财之外，还有别一种伟大的力量，这是如何的快事！已经当了执行委员会的主席，那时他差不多在一县的范围内，对于人民的生命与财富，有无限制的权力，然而他还住在一个老太婆的一间小房子里。一张床占领了整个的墙壁，薄木板的门扉仅仅能开开一半。

他可以占领一所地主的房屋，他可以在他们的地毯上来往，可以睡在他们的那种柔软的、宽敞的床铺上。是的，他是可以这样做的。别的人就这样做过。但是对于他，为着要自尊大，为着要向如他父亲的那一般人复仇，偏偏住在一间狭小的房间里。他虽住在狭小的房间里，然而他一露面就可以叫他们战抖呢。啊，马麻也夫的儿子！远近皆知了。

他似乎用这间不成样子的房间，向自己的父亲及其类似的人们说道：

"你们总是视钱财为无上之物。如果你们如我一样得到这样的权力，那你们一定将好房屋据为己有，而要爬到别人的箱柜里去了。但是我唾弃这种行为，情愿在老太婆家里住着，并且同她在一块儿吃着很可怜的饭食呢。请你们感受一下吧，世界上还有别一种力量！世界上还有别一种力量！"

有几个从前的商人，因为是专门家的缘故，钻到食粮部里混了差事，他们异常苛待这些老太婆，发给她们很少的食粮，而自己却将面粉卖给别人。

捉住了这么样一个罪人，这罪人同时诅咒苏维埃政权不会管理国家，没有食粮能够养活人民。谢尔格当夜召集执行委员会议，第二日即把他枪决了。因为这事，省执行委员会命令将谢尔格逮捕入狱。在狱中坐了一个礼拜，他最后被释放了。他被委任为教育局主任，地位是较前低一级。但是回转原地，如果还有那种浑蛋的商人落到他的手里，那他还是要把他枪决的。

谢尔格的这种行为传遍了全县，大家看着他都怀着一种恐惧的心。在街上遇着的人们，在他的面前不敢说话，在他的背后总是要瞟看他。

马麻也夫的儿子！

实在的，他那时具着一种令人可怕的样子：胡须长得老长老长的，无论何时总穿着臭味熏人的外套，头上顶着破皮帽子，黑着面孔，穿着长筒靴。他实在给人以可怕的印象。

当他回家的时候，仇视他的家人们（老婆与母亲除外）不知道把他放在什么地方坐着为好。

于是他对于他们，也发生着这样的仇视。是的，这样仇视是与轻视连接着的，他仇视他们如被征服者一样。他们现在是知道了，啊，他们最后知道了，除钱财之外，世界上还有别一种力量！

他很清楚地感觉到，家人们是他的敌人。现在他们是他的被打败的敌人。因此，当他们在他的面前很怯懦地说谎或是献好，那他对于他们只抱着一种轻视心而已，此外没有别的感觉。

若革命不发生的话，那他们一定要想方设法，强迫使他除面包之外，忘去一切的事物。他们将要从他的身上刮去另一种的信仰。因为他生性就不长于将精力灌注到日常生活的琐事上去，那他将永远地成为一个所谓不中用的人，生存着被人轻视而已。

但是最重要的，他们将把他的信仰杀掉。

他记得那时他的根本的感觉就是仇恨。并不如一个公正的法官一样，按着尺寸给予人们惩罚。他惩罚人并不按照着尺寸。那时尺寸是没有的。那时有的是仇恨的火焰。凡是不久以前立在统治地位的东西，一切都在被仇恨之列。那时不能有尺寸的啊——经过这些世纪的奴隶的生活！

于是他，这个在过去是一个可怕的人，是为一些文明先生所恐惧的人，现在居然也接触到贵妇人的玉手了。这是梦的憧憬吧？……这是从前曾同老爷们坐在一张桌子上的贵妇人的玉手，也许老爷们在这手上吻过……现在它居然把他抛到门外来了。啊，若是那时她落在他的手里，当他在一个县城里，穿着破大衣、戴着破皮帽子，在街上行走的时候……那时任你用什么温柔的感觉，也不能打动他分毫！

后来他在省城里过了两年，然后到了莫斯科，他对于家庭的愤恨和不快的感觉，也就慢慢地消逝了。无论如何，在家中总还有两个人爱他，这两个人就是使他挂怀的母亲与老婆格鲁莎。

就是对于自己的父亲，谢尔格现在也再没有什么很深的仇恨了。在三年前，他是知道的，若他们到乡下去征取富农们的面包，那他的父亲首先就要将他活埋掉。但是当自己的亲儿子带着兵到乡下，如同强盗似的，先走向自己的家门，他的父亲不过惨白了面孔……

那时谢尔格的声势已经将他对于自己的家人及有钱人的仇恨，减轻了许多。他感觉到自己有伟大的力量。

在那一天晚上，当他与贵妇人柳德米娜弄岔了，回转家来的时候，他反而很愉快地想到他的老婆，一个爱他的女人，虽然穷而简单，然而同她绝不会感受到那种羞辱，那种柳德米娜所给予他的羞辱。他深深地仇恨那给予他羞辱的女人！

一〇

　　在车站上，那时他路过镜子，简直不认识自己了：披着牛皮褂子，歪戴着羊皮帽子，燃烧着火焰的眼睛，高耸的颧骨。这弄得他像革命初期的他那一种神情了。

　　一个戴着圆帽、持着圆盒子的人，跌倒于谢尔格的脚下，而谢尔格就这样地将他踢开，使得那人翻了两滚，想要喊叫起来，然而一看到谢尔格的面孔，他便很温和地走去了。

　　谢尔格在三等车厢中没有找到位置，只得走到贵一等的车厢里去了。始而他很烦闷，然而后来他也就觉得舒服起来。他觉着舒服，是因为他在这种车厢里，可以在车二的走廊内走来走去，没有什么扰乱他的思想。

　　在原野中起了雪浪。雪成大块地向玻璃窗上袭击。车厢时而跑得很平静，时而跑动的声音忽然停止了，似乎车轮经过柔软的雪上似的，然而跑动的声音重新响起来。

　　经过雪浪的狂荡的声中，从什么地方传来火车头的吼叫。原来火车已走近车站了。

　　谢尔格穿上皮褂子，从车厢走出来了。暴风雪依旧在激荡着，令人难以呼吸。车站的门忽开忽闭，放进一些裹着布巾、戴着风帽的人们。

　　谢尔格沿着车道迎风走去，风吹开他的皮褂子，雪迷瞎住了他的眼睛。

　　在他身上又苏醒了一种强烈的感觉：走上前去与风对抗啊！

一一

谢尔格很活现地记得这一次归家的心境。离家愈近，他愈被一种急
不能待的心境所鼓动着。

虽然回到家里，那里对于他不会有什么特别愉快的事情，然而在脑
海中总闪动着一种焦急的思想、一种与家庭联系的观念。

当他童年从学塾回家过圣诞节的时候，也是具着这一种心境。他坐
在宽大的乡下马车的上面，慢慢地走向家来，遥望着从那树林深处闪耀
着欢迎的火光，一颗心不禁有点儿怦怦然。他想象着那点着火油灯的故
屋，那天花板下已经黑了的梁木……那童年时的一切……

啊，那时的生活是如何美好！那时的世界是如何奇异！或编织小
球，或在河中捕鱼，或在林中采取蘑菇……都只由于自己的爱好，而不
由于要获取金钱和面包！啊，美丽的童年！……

在这些回想里，谢尔格宛然要寻出一种东西，来与他那所不愿意想
起的东西对垒。他不愿意记起那个女人，那个为他得到即时又失去的
女人。

因为要回到家里住下两个礼拜，所以谢尔格随身带了一整箱子书籍，预备翻阅。盛书的箱子是用花纹布做成的，箱盖子现着异常的光彩。

当火车第二天晚上在他认识的车站停住了，谢尔格急不能待的样子，很快地走出了车厢。

在小车站上，一切还是三年前的景象，还是与他最后一次在此地所看见的一样；不过认识的马车夫却没有，谢尔格只得随便雇了一辆马拖的滑车拖向家里去。

这个马车夫是一个很和气、很跳动的人，他穿着翻毛的未扣的大氅，里面又穿着短皮袍，腰系着绿色的围带。

谢尔格坐在滑车上，从短皮袍的领边，嗅着新鲜的寒冽的空气。滑车照着平滑的路线跑去，觉得很轻快而寂静。在小丘的那边渐现出柳林的梢头，然后现出了风车，闪烁着村庄上的灯火。

在这种深冬的、无人声的、傍晚的平原上，犬的吠声觉得有点儿特别的欢迎的意味。一个背上背着藤篮子的乡人，从贮藏库向茅屋走去，见着滑车到了，便停住脚步，好让滑车经过。谢尔格认得他是铁匠安东，但安东没认出谢尔格，向谢尔格望一望，如同一个陌生人一样。

最后是到了谢尔格的自己的茅屋了。这茅屋的前面永远堆积着许多柴木，在劈柴的凳子的旁边总是横躺着已经用旧了的斧头。这斧头是谢尔格的母亲用以劈柴的，她总是哼着照一个地方劈将下去，如普通女人的劈法。

乡村，这相熟的乡村！它的炊烟，它的黑面包，它的其他一切不可言喻的东西，令谢尔格感到一种异常的亲近。

谢尔格将皮袍和箱子放在车上，而自己跳下车来，踏着为柴木所杂乱的雪地，跨上高的阶沿，将茅屋的破败的木门开开了。他感到那一种迫不能耐的心境，当一个人很久离开家庭，忽然回到家里，他的家人们即刻要惊诧地、快乐地欢迎他。

在茅屋里，在预备晚餐刚燃着的煤油灯的不明的光线中，谢尔格首先看见他父亲的光亮的脑盖及他穿着的坎肩。他的父亲在这时候听着犬吠，转身向窗外望着，用手遮着灯光。他的母亲穿着无袖的长布衫，在炉灶的旁边忙碌着，预备晚餐的馒头。格鲁莎及小弟弟皮嘉这时正在铁盆里洗手。

"康健啊！"谢尔格这样响亮地喊了一声，使得一切人的面孔都很惊恐地转向着他，经过灯光向他瞪视着。

"啊，我的爷爷！"母亲首先喊叫起来，将她的充满了皱纹的面孔倾倒在谢尔格的怀里，手中的馒头几乎落下地来。

"康健啊，康健啊！"父亲说着，不即时从矮桌子立起身来，用大手指头搔一搔自己的脊骨。他说着这话，用着很显然的冷淡的神情，似乎要与自己的老太婆的无涯的快乐相对比一下。

"为什么不先写信来，好将马赶来接你，免得又要花钱给别人呢？大概是半块钱去货了吧？"

谢尔格的老婆格鲁莎，一个白皮肤的年轻女人，眉毛是白的，头上与手上生着黄色的斑块，这时惊慌起来，立在旁边，将手插在围裙里头，只向他瞪着。

谢尔格走至她的面前。她很局促地将两手抱着他的腮庞，伸出嘴唇与他接吻，如同与神像接吻的样子，接了吻便又退至一边，将手藏到围裙里。

"为什么毫不言语呢？"谢尔格问。

"长久离开你，觉着有点儿生疏呢。"格鲁莎答。

谢尔格重新瞟了她一眼，用很奇怪的感觉想着，这是他的老婆，这是他的最亲近的人。三天以前他背叛了她，而醉心于别一个女人。如果她知道了这回事，那她将对之做何态度呢？他想向她说几句温存的话，但他最终没想到说什么话为好。

父亲仍是搔着脊梁，向门外望着，追问谁个把他带回家来，也许他放在滑车上的东西将被人偷去些什么。后来他叫皮嘉去搬东西。

儿子的城市的装束，以及他坐着滑车回家，而并没有向家中写信道及这回事情，这很显然地感动了他的父亲。父亲当先不能很淡漠地听到关于做了强盗的儿子的事情，现在却表示对于他的担心，注意他的东西，这的确是很有意味的现象了。在面子上装着很坦然的样子，其实在他的心里，他对于儿子的来家，并不真正地漠不关心啊。

接着便追问起来一路上平安与否……家人们也就自己述说起他们怎样进了省城，在路上看见了什么，听到了什么……

"我们坐在火车上，真是烦恼极了。"母亲摇着头掩着口说，"唉，总是轰通轰通地震响得不已。我们已经上了车很久了，而震动的声音却不停止。皇天爷爷，这火车是怎样地难坐啊！下次无论如何再也不去了！"

谢尔格一方面起了很欢欣的能与家人们亲近的感觉，但同时一方面又感觉到失望与侮辱——他的家人们不会或者不愿意表示对于他的生活的趣味。谁个也没曾问起：他在莫斯科此刻担任什么职务？为什么给了他这样重要的职务？对于他们，似乎谢尔格从前在乡间是一个无名小子，而现在在莫斯科执行很大的工作，这是一件很平常的事情，不足以引起什么惊异。但是这件事情不是从天上掉下来的啊！家人们却对之漠然。

很奇怪的事情：他从没想到自己的功绩，从没想到自己真正地走入正道，现在却感觉到异常不快，他们竟没谁个提起这回事情，竟没问起一个字来。似乎谢尔格的行为异常普通，谁个都可以做到，毫不足奇。

仅仅母亲开始的一句话，使得谢尔格震动了一下，但他即刻又冰冷下来了：

"啊，你在那里是怎样地过日子呢？……大概那个地方的桥梁是很伤皮鞋的吧？生活费大概是很高的吧？唉！天爷爷，简直是灾祸！……我们家里无论怎样，面包总是自己的，但是有时也要买呢。一切的希望都在马铃薯的身上。"

大家沉默住了。

这时候，从门中现出了皮嘉，他提着箱子，很费力地跨过门限，很自豪地喊道：

"这样重的箱子啊！……"

一切的眼睛都盯住了箱子。

后来门开了，进来了一些新的面孔。首先进来的是黑着胡须、穿着毛衫的老人，这是谢尔格的义父。接着跑进来的是邻家男子和邻家婆们。

义父一跨过门限就看见了箱子，低声叫道：

"我来看一看。现在大概是一切义父都被取消了吧？……"

于是他走近谢尔格，将他拥抱着，接了吻。在他的话音里，暗示着谢尔格是不信神的人，但他的声调是很温存而祖护的，似乎以为谢尔格既然能带回来这样重的箱子，就是在不信神的观念下也做了好事。

"啊，怎样，说一说，说一说，你在那里好不好？"义父掠着自己的卷发，这样说。

当谢尔格开始叙述自己及关于都城的生活时，一切人们，似乎利用他叙述的机会，审视着他的形象及他手上戴着的手表。母亲立在他的对面，用手撑着下颚，望着他。但是她的眼睛渐渐地向上仰视着，翻着白眼，很费力地听着那一些为她所不明白的事情。

而当谢尔格叙述到国家情状——因为列强封锁弄得财政困难，现在虽需要工业品，而工业品无从得到……的时候，义父向他说道：

"唉，管他那些事情！……把腰包放满了算事！"他拍着自己身上的荷包说，"大概他们都会钻营到好位置上去啊。在我们这里，虽然说不上，但是也有两个乡下佬，会长老爷，建造了两座新的房子。现在我们也想轮流把会长当一当。只要一年干下去，你看，那将建造一所整个的村庄呢。大家都这样说：有钱送到手里不拿，那除非是浑蛋啊。自然，这都是要聪明的人才可以。若是头脑昏聩，那就对不起要坐牢了。我要将万克送给你，你可以在那里代他找一个位置啊。"

"啊，箱子怪重的！"皮嘉重新说道，反复地审视箱子上的锁及光彩的箱盖，意思是要使大家注意到他手中所提着的箱子。

于是谢尔格便看见了，一切人的目光，尤其因为听了义父所说的言语，又注射到箱子身上。此刻他刚刚记起，他什么礼物都没有带给亲族，那箱子里放着的不过是些书籍及换洗的衣服。但是亲族们对于他的估价，绝不照着他所说的一切或他担任了什么重要的职务，而是照着在那箱子里他带来的一些东西。

义父还提了提箱子，似乎要试一试它的重量。后来他走到谢尔格面前，拍着他的肩膀说道：

"干吧，干吧，这样才好呢……"

谢尔格就是现在坐在桌子旁边，想起这时的事情，已经是很辽远的过去的事情，犹有一种很难耐的、很羞辱的感觉：那时他的确羞赧得难以自容，深悔箱子里尽盛些书籍，而没带一点儿礼物——他们是渴待着他的礼物的啊！谢尔格就是现在也不愿再想起当时的情景！

"但是究竟，亲爱的，"义父重新坐下，似乎没有等到谢尔格赠予他的礼物的样子，说道，"但是究竟你们把我们害够了……在欧战期内，我们到底也积蓄了一些钱币，而你们却翻了一下，弄得它们一点儿用处都没有了。这一切都似乎我们干来干去，只替你们干了啊，可不是吗？"

"这不是替我们干，而是替我们的国家干啊。"谢尔格笑着说。

"任你将它称作什么东西都是可以的……但是反正是这么一回事啊！如他们说，他们怎么说的？啊，是的：'土地是你们的，而收获是我们的。'让有本事的人赚钱不好吗？……赚了钱也许为别人做些好事，而你们却什么都不允许他们做，唉……我所说的对不对呢？"他说着说着，将头伸到谢尔格的前面，掠着那卷着的黑须，没有等得及谢尔格的回答，即刻又继续说道，"你们只给工人们好处……这些贵族老爷，狗崽子，我要将他们……我们不需要你的什么'国家'，顶好是你们将我们完全忘掉吧。那时我们或将要发展我们的能力……"他将拳头在空气中摇动着。

谢尔格那时见到了，在茅屋中还有几个与其他的人们不相像的青年。他们似乎用着另一种眼光望着谢尔格。倘若在别的人们的眼光中闪动着对于谢尔格的敬慕，那在这几个人的面孔上却表示着一种很严肃的、考察的神情。

谢尔格后来得知，这是几个乡村的青年团员。他们也瞟看着谢尔格的箱子，但是他们之中有几个人的神情完全是另一样。他们显然大约照着自己的心意来估量箱子的价值。

义父最后立起身来。

"啊，怎样，也许想休息一下吧？"义父摸着自己的大肚子，说着这话，似乎要期待着什么，"很显然，明天你才办理一切吧？"

"是的，不妨休息一下才好呢。"谢尔格说。

但是谢尔格自己看出了，一切人们被失望和猜疑所包围住了，尤其在他们静默地走出茅屋的当儿，更感觉到这种不愉快的空气。

两样总有一样：或者他们视他为最悭吝的人，在京城里过着很好的生活，而对于义父却连分文都舍不得；或者他们视他为一个穷光蛋，虽然坐着滑车回到家里，虽然也带着新的箱子，可是在腰包里什么东西都没有。也许为着面子起见，他在箱子内放一些砖块，故意地显示箱子是很重的样子……

一二

　　谢尔格很快地就感觉到了，他白白地跑回家来。在他与他的家人之间，有一道巨大的鸿沟，无论如何是不能跨过的。

　　谢尔格没有感觉到家人们对于他的情爱。仅仅母亲有时经过他的面前，当他坐在桌子旁边读书时，轻轻地叹息着，大概是叹息着他的灵魂啊。

　　当大家都明白了，他除开书籍，此外什么都没带回家来，这就是说，他在莫斯科并不优裕地过着日子，如他们所设想的一样，于是大家对他抱着很奇怪的态度。在先，一些亲人们小心翼翼地款待他，现在他们对谢尔格却显露着一种不齿的神情了。

　　有时谢尔格坐在旁边读书，他的父亲走进屋内，开始大声地与母亲说话，或叫骂她。似乎在茅屋内，除开他们自己，是什么人都不存在的。

　　谢尔格不禁觉得难为情起来，似乎他在他们的眼中是一个吃白饭的人，没有什么值得注意的。他现在并不可怕了，那在县城里当执行委员会主席时的声势是没有了，因此他只得无可奈何而已，什么人也不会怕他的。

有时谢尔格想，他应当很有耐性地对待老人家，因为无论怎样是不能将他们改变过来的，只得向他们放温和些。受了这种思想的影响，他想向母亲说几句温存的话。

有一次母亲掖着裙子，手提着乳桶走进屋来。谢尔格说道：

"你为什么要这样劳碌啊，母亲？坐下来，向我说一点儿什么吧。不然的话，我又要出门了，你们在这儿死去，我连你们的面都不能再见到呢。"

母亲深深地叹了一口气，说道：

"我怎么能坐下来呢？……事情谁个去做呢？助手是没有的啊……"

于是谢尔格不禁觉得自己罪过，他不是他母亲的助手。很显然，母亲的这种思想是无意中说出的，她从来就是这样思想着：儿子不是她的助手。

同老婆格鲁莎也是一样。在第一天晚上，当一些老人们睡下了，他同她并列地坐着，搂抱着她的宽大的背，说道：

"你在这儿过得怎样呢？"

"还是那么一回事，原先怎样地过了，现在还是怎样地过着。"

"没有我，你不寂寞吗？"

格鲁莎向他举起眼睛，满脸泛起红来，于是很羞怯地将头倾放在他的怀里。

谢尔格不知向她说些什么话为好，只沉默着抚摸她的背，看着她那年轻的颈脖子的雀斑。于是他记忆起来，他爱上了她，正是因为这些雀斑与白毛眉，不知为什么这些雀斑与眉毛能够引动了他，能够吸住了他的眼睛。

他觉得，若与那一个、别一个女人比一比，那格鲁莎对于他的爱情是如何奇异而可怜啊。

54

他想用全副力量不要看出，但是究竟看出了，格鲁莎的指甲是那样不洁。她时常，大概是由于习惯，爱搔自己的腋下，或头巾下的脑后。这大概仅仅是她的习惯，因为她一遇见什么困难或回答不出的时候，总是这样地搔着。

"向我说一点儿什么吧，"谢尔格说，"日子过得好吗？做些什么事情？"

"有什么说的呢，"格鲁莎回答道，"什么样是我们的日子！……那是人人都晓得的，天未亮就起来，喂一喂牛，喂一喂猪，然后跑到河边去，回来又烧饭吃……"

这些他是已经知道的。

有一次她指着纸簿向他问道：

"你这一本是什么书呢？你又在上面写些什么呢？"

"这个吗？我写着我生活的经过，为着将来看得明白些，应当怎样生活才是。"

格鲁莎看一看纸簿，什么话也没说。

"不懂得吗？"

她很不坚决地、羞怯地微笑了一下，眼见得怕说得不对，只否定地摇摇头。

"啊，我们假设一下，主人经管自己的营业，他记录下来，什么地方他做得对，什么地方他做错了，由此他可以推论，应当怎样经营自己的营业才不会走错路。明白吗？"

格鲁莎低下头来，坐着，用指甲搔指头上的什么东西。谢尔格问了这话之后，她重新羞怯起来，紧紧地挨着他，轻轻地说道：

"这是很明白的……他们强迫你做很多的工作吗？"

"他们不强迫我，我是自己做事情啊。"

"怎样自己做事情呢？"

在她的面孔上显现出不能了解的神情，她也并不掩饰这个。

"是的，是我自己做事情。主人在自己的营业里做事情，谁个也不强迫他。我也是这样的啊。"

"这样吗，那主人，"格鲁莎说，"他因此可以多得到些钱啊。他的营业是他私有的呢。"

"我的营业也是我个人私有的呢。"谢尔格微笑着说。

但是格鲁莎仅仅怀疑地摇一摇头。

"如果我将你带到莫斯科去?"他说。

"我在那里将做些什么事呢?"

"你是不愿意同我在一块儿吗?"

格鲁莎没有回答什么，继而又很害羞地挨紧着谢尔格。

"为什么你向我说话有点儿拘束呢?"谢尔格问。

"我居然生疏了呢……"格鲁莎说。然后她害羞似的，不怀着任何的恶感，向谢尔格说道:"大概在莫斯科，那里有很多漂亮的姑娘。同她们在一块儿，当然比同我这个乡下女人在一块儿，要好得多呢。我什么都不知道……我这样糊里糊涂地过着，一点儿也莫名其妙……大概是你同她们在一块儿过过了吧……"

她说着这些话，丝毫没有嫉妒与讽刺的意思，仅仅是怀着一种好奇心而已，欲知道她所不知道的关于莫斯科的事情，及她的丈夫在莫斯科的生活。

眼见得她并不企图谢尔格对于她抱着特别的忠实，就使他向她说，他在莫斯科与别的姑娘们住过，那她也将把这桩事情当作很自然的，因为她们是比她好些。

他看见，她的睡去的灵魂，是如何被压迫在家庭、礼法及信仰的下面。他看见，一切超出常规为社会家庭所不容许的事情，如何使她惊慌而手足无措。她不但为自己，而且也为着他害怕。

他的每一次的为礼教风俗所不承认的行动，都使她发生恐惧，感着不安。谢尔格来家的第二天，为着自己工作的缘故，从外边还带回来一张桌子，将它放在第二个窗口的旁边，铺一张白纸于其上，并用桌钉将四角钉将起来。这事却使格鲁莎的眼睛里，露现着一种很显然的恐惧，似乎因为他做事不合乎常规，且不知道人们因此将要讥笑与仇视他的这种老爷的派头。

真的，他们都不以谢尔格放这一张桌子为然，而且同样地他们对于谢尔格每早必用牙刷刷牙，每晚必读书读到夜半，空耗费灯油，也是不以为然的。但是在另一方面，如果用自己的钱去买煤油来点灯，这又要难免使家人们不高兴，以为他是故意地侮辱他们呢。

在别人的面前，谢尔格的父母似乎以有这种儿子为羞，总是不言及谢尔格的存在，尤其是父亲。有时在谈话中提起来谢尔格的义父，他因为谢尔格把他忘了，没有从莫斯科带给他一点儿礼物，大大地生了气。

于是谢尔格坚决地肯定了，他的亲人们对于他是最生疏的、最远的人们。他们只知道能够挣钱的人是值得尊敬的，此外都是狗屁。从童年起，所谓"挣钱"这两个字就追究着他。他记得，这一种追究的确是他的思想的发动机，他的思想是因此开展出来的。

# 一三

谢尔格很清楚地记得，关于生活、道路及"事业"的这些思想，是怎样在他的内里胚胎出来。

在童年的时代，当他还在县城学塾一、二年级读书的时候，他的父亲在夏天一逢星期日，便把他带到市场上去，一见着他有点儿什么不对的地方，便噜苏地说道：

"你只可以赶赶狗，而对于'事业'你是没有用处的。谁个在幼年不习于做'事业'，那他长大就是草包一个。"

有时谢尔格坐在货车上看守马匹，在那时他的父亲走去做生意的时候，他望着那噪闹的市场、无数的车辕以及那些扫街的清道夫，为着要消磨等待的时间，他想一些杂乱无章的事情。

他望着那些将小猪赶到市场上去的乡人们，心中想：他们这样是不是在做"事业"呢？他们将小猪卖给别人，而别人将这些吃掉。他们将所得的钱又去买香肠和面包，结果也是吃掉。由此什么都不遗留下来。在这上面有什么"事业"可言呢？

或者他望着清道夫想：当他们清扫街道的时候，他们是不是在做"事业"呢？于是他觉得很奇怪，他们刚一清扫了，而别人就即刻糟蹋起来。他们的"事业"是永远地在消灭中。如果乡下人不把街道糟蹋坏，那时也用不着清扫这一回事了。因此，这种"事业"之存在，完全由于乡下人之糟蹋所致。

一个人一生像被判定做囚徒一样，做一个永远的被雇用者，只做别人家的事业，为的只是温饱而已，并不是为着"事业"而做"事业"。

谢尔格那时曾仇视这通常所谓"事业"两个字。

这些思想将谢尔格引得头昏神倦。当他的父亲回转来的时候，他只向他张着两眼，什么也不明白。不料在他东思西想的当儿，车上的麻袋却被人偷去了。父亲击了他一个耳光，说道：

"唉，你这个空洞的脑袋！你连一个麻袋都看守不了，你将来怎么能做事啊！你这个浑蛋的东西！"

有时叫他去看守牛。他坐在堤埂上，又因为寂寞而开始想将起来：他是不是在做"事业"呢？一直到谁个的、母亲的或父亲的手抓住他的头发，他才停住了不想，原来牛老早地就跑到雀麦田里去了。

后来他起了一种思想：当他思想的时候，他是不是做"事业"呢？思想这件事情，的确是唯一的事情，谁个也吃不掉它，也没有谁个来付给他金钱，如果不算他的父母赠予他的耳光和咒骂。但是他所思想的，有没有什么东西遗留下来呢？

很显然，这是要遗留下来的。因为他记得他所想到的一切。那是很奇怪的，思想这种东西在实际上是最不能看见的东西，然而它在你的内里却是一种很牢固的东西。一方面它对于你自身有密切的关系，而同时别人也可利用它，如果你的思想是有价值的。

他写到自己的纸簿子上面的第一句话是："怎样知道而且分辨得出什么东西于我有关系，什么东西于我没有关系呢？大约在这层意义上包含一切。"

但是整个的旧的世界，包括他的父母、学校的教员及一切有教养的人们，从他生下地来就向他肯定地说道，事业不过是获得面包与财产及保障生活的工具。

谢尔格这一次来家，又遇着那一种对于私有财产的热情了，他不禁异常明显地明白了现时革命运动之伟大的历史的意义。这是一种倾向消灭金钱威权的运动。

这种运动是要将被剥去自己意志的雇用者，变为能够发展自己意志的主人翁。

这个主人翁，最后在历史的平面上，能够捉到自己，达到自己的本性，如一生产的源泉，而不仅仅为着面包，做着别人的事业。

由于这种外界物质生活的征服，人类的思想将不会首先为着自己及家庭的物质生活而劳碌了。

从今后，人类的确走入新的道路，也许这种新的道路，目下还未被大多数所触摸着，然而这大数已经间接地被预备着向这条道路走了。（现在有钱的人们已经匿藏，而不向人前自豪了。）

人类的意识在自己的根本的趋向上，竟违反了意志，而不得不忍受着深而大的变动。

# 一四

在这个乡村中，第一眼观之，谢尔格并没看出有什么变动。仅仅在村前添了两座会长的房子，如他的父亲已经向他说过，还有在先前的地主的院落里，现在设立了人民俱乐部，门前加增了两根木杆，上面拖延着电线。

除此之外，在平场的中间的柱子上，悬着一小截铁轨，一遇集会时，就将它敲扣起来当作钟用，以号召人们。

但是有一种什么新的东西，一下子就可以看出来。这是乡村中的老人们与新的年轻的人们、贫穷的与富有的两部分的分别。

从前老人们和富有的乡人领导一切，而青年们居于服从的地位。现在却相反了：乡村中的重要的势力是青年，一部分贫穷的居民与他们联合起来。而一些老人，他们大部分都恶狠狠地忍着气，沉默着不言。他们之所以忍着不言，是因为他们希望着，总有什么时候这种现象是要得到消灭的结局的。因此，他们不参加什么运动，而且也不积极地反抗什么运动。

这两部分中间的差异，无论如何是磨灭不掉的。

对于老人们，有钱的人是最聪明的，是值得敬慕而引以为模范的人。虽然有时他们也吃过有钱的人们的亏，也曾被骂过是吸血鬼，但是大家总都想爬上有钱的地位。

旧的乡村在国家以外生活着。新的乡村——重要的是青年团员——完全与旧的乡村不同。他们的动力的重要倾向，是要离开那老人们赖以为生活的东西。他们轻视老人们所赖之以为生活的一切。他们羞于和老人们有什么相同的地方。青年们的行动首先是不守着旧的秩序：老人们守着饮食的常礼，什么日应该吃什么东西，而青年们却异常随便；老人们的装束是乡间式的，而青年的装束却是城市式的。

老人们敬慕财富，而青年们却轻视之，并驱逐有钱的人们。

老人们都是信神的，而青年们却都是不信神的。

老人们做事总是照着旧的式样，而青年们却想方设法照着新的式样做去。无论怎样，一定是要照着新的式样。

老人们一遇到关于公众的事情，总是持着旁观态度，不愿开问，而青年们却到处爬，虽然没有谁个来请求他。

老人们说到政权的时候，总是说"他们"，而青年们却说"我们"。

是这样完全不相投！若欲规定青年们对于那一个问题抱着什么态度，则必须看一看老人们的态度怎样——青年们的态度是与他们的态度相反的。

对于新的倾向之力的应用的可能性，开展得非常之广，青年们现在简直游泳在这种无涯的、自由的、宽广的海里了。

对于谢尔格，那青年们对于外交政策的问题之认识，简直是出乎意料。他们统统都知道。他们知道什么地方发生一些什么事情。他们知道一切世界政治舞台上的要角的名姓。但是同时在他们的人民俱乐部里，弄得异常不清洁，而在合作社的门前，连一个好好的阶沿都没有，买东西的人们临时放上木凳，顺着上面爬进门内去。

　　他们无论怎样不能将实际的生活与政权所给他们的口号联到一起。他们不知如何做起，才能使他们的行动连贯起来，不致有什么差池。

　　但是，虽然有这些缺点，谢尔格却感觉到青年们是与他同一精神的。他们所懂得的，是为老年人所永远不能懂得的。如果乡村要渡过新的河流，那也只能经过青年们，而不能经过老年们。为着要完成伟大的事业，应当向乱叫的、调皮的、不会做事的青年们走去，引导着他们，而不应当求之于那些会打算盘的、和平的、不妄生是非的老年人。

# 一五

　　谢尔格记得，他具着内部生活的奇异的感觉从家里回到莫斯科来。他感觉到他的内部生活更为坚固而明了了。

　　那一种因为与这个女人柳德米娜相遇而所经受的羞辱，是被抛到脑后去了，虽然他还时常想念着她。

　　他早晨从车站出来，坐上马车，脑筋很清晰地设想着，她此刻还在睡着……睡在那一间房子里。这时也对于她的态度，只是感觉到一种不可言喻的侮辱。鬼晓得！也许……也许她此刻不是一个人睡在那儿啊。

　　他的心很混乱地、不祥地跳动着，牙齿咬着吱吱地响。他勉力不要想及这回事情。他觉得他的兽性发作了。但他即刻又想到，如果他偶然与她在街上什么地方碰着，那他将如何把持自己？很无事地经过，不向她打招呼？不，他向她招呼，而且向她这样地微笑着，使她永远记忆着他的微笑……

　　在回寓的初期，彼得鲁亭的生活特别触他的眼帘，他娶得这样一个文明的资产阶级的女人……

彼得鲁亨由一个很有毅力的、很有生气的、勤于做事的、趋向公众生活的人，现在莫名其妙地变成了一个沉静的并且怯弱的人了。

他什么地方也不常到。如果他所参加的一个什么会议要延长了一点儿时间，那彼得鲁亨就要开始急躁起来，将表望一望，便借着什么口实先走了。

谢尔格明白这是什么一回事情：他急于回家，急于与他的老婆亲热……

当回寓的第二天，谢尔格走入《劳动月刊》的编辑部，那里向他说道，彼得鲁亨拒绝了工作，因为他现在工作很多，不能兼顾，便向谢尔格提议，请他补彼得鲁亨的缺，作为编辑部的一员。

谢尔格明白了，彼得鲁亨是为着什么工作所劳碌了：他不想将夜晚的时间，与老婆亲热的时间，送给编辑部的工作。

彼得鲁亨变成了一个怎样的人了?! 于这样短少的时期以内，居然是这样的改变，这样堕落!

谢尔格走入自己的办公室，在办公室的门上贴着一张小纸条，书着"无事不准入内"。谢尔格从前不知为什么没觉察到这个，现在他即刻走上前去将纸条撕掉了。在走廊内的长靠椅上坐着两个人，一个是戴着帽子与手套的漂亮的太太，一个是穿着工衣与破皮靴的工人。他们在等着他。

他们见谢尔格走入，便都立起身来。那位太太追随着谢尔格的背后，而工人却不坚决地停住了。谢尔格转过脸来，向他问道：

"你是来找我的吗?"

"是的。"

"请进吧。"

"我应当在先啊。"那位太太很迟疑地耸一耸肩，这样向谢尔格说。

"这是我的叔父啊。"谢尔格这样很严厉地说了，便让工人走进办公室去。那位工人只是不明白地看着谢尔格——在他的一生中是没有像谢尔格这样的一个侄儿啊。

看见那位太太一种抱怨的、迟疑的神情，谢尔格不禁感到一种愉快。

走入办公室里，看见正在那里打电话的彼得鲁亨，他听见了彼得鲁亨说出的几句话：

"不，不啊，我绝不耽搁，我什么地方也不去呢。"

"他成了一个怎样的卑小的东西啊！"谢尔格想，"这真是万分的幸事，我的命运将我从这种堕落的坑中救出来了！不，我此后将把持着自己，将离开他们老远老远的……"

但是，收拾桌子的文件时，他忽然看见了一封信，照着图章看来，是前一礼拜寄来的。字样眼看是女人的笔迹。

谢尔格将信封拆开，不禁心跳起来，读道：

"我打电话给你，你却不回答我。难道说那次所遇着的事情，就简直要在我们之中放置一道不可跨过的鸿沟吗？难道说我们就从此不见面了吗？柳。"

谢尔格觉到，信纸是如何在他的手中颤动，便胡乱地将来人打发走开，而走向那彼得鲁亨刚刚离开的电话机，拿起听筒来。他的心异常跳动着，他的两腮异常红热着……

# 一六

　　谢尔格向柳德米娜的家里打电话，那里对他说，柳德米娜于晚上七点钟才能来家。

　　他很清楚地记得那时的心境，他是如何期待着那七点钟的辰光的到来。

　　同志中有一个请他于今晚召集一个会议，他不禁很惊慌地说，他绝对不能做到，因为他非常忙碌。

　　工作完了回家以后，谢尔格很急躁地在房中踱来踱去，总是想着：那他以为很羞辱地永远失去的东西，难道说实际上又回转来了不成吗？

　　他走向镜子，没有认出自己来：眼睛是巨大而暗灰的，两腮是惨白的。他就像一个人听到了一种非常的音乐，由此而炽热起来了眼睛，并由于内心的震动而惨白了两腮。

　　最后，七点钟到来了。他拿起了电话筒，一瞬间他的两眼不禁发起黑来。忽然他听见了她的声音，始而是很坦然的声音，等到她一知道是他的时候，那声音即刻便变为她所特有的、不可言喻的，一种时常令他深为感动的声音。

"难道说这是你吗?"谢尔格说。

"我……自然是我啊……"在她的话音里波动着微笑与欢欣,"我打过电话给你,想知道你做些什么事情……"

"我出门去了……我不在莫斯科呢……"

"你为什么出门去了呢?……"她这样地问了,即刻又同恐慌似的,说道,"不,这些事情,当你来的时候,你一定要解释的啊。"

"难道说可以到你那里来吗?"

"啊,是的,当然的!"

"什么时候?"

"今天……就是现在吧!"

"我就来。"谢尔格说。

不是她,而是一个高的老女人开了门。虽然除了她的房门,他什么都没看见,但他还来得及记着这个老女人的神情。他叩她的房门。

"请进来……"她的声音与世界上任何的声音都不相像。

谢尔格具着一颗跳动的心,将门推开,看见了她……

柳德米娜背凭着窗沿,立在那儿向房门望着,等待着他进来。在她的背上搭着一条绣花的、长丝穗子的白巾。

柳德米娜将两手拢紧贴在白巾下面的胸部,当谢尔格走进房内的当儿,她很惊惧地向他望着。她似乎怕在他的面孔上找不到她的灵魂所需要的东西。后来谢尔格微笑着走近她,这时她似乎完全肯定地相信了,征服了自己的羞赧,很热烈地将他抱着,而将头伏到他的胸部上。

"原来我错了吗?我曾经想,你是离开我了。"谢尔格说,"我那第二天早晨曾打电话给你,而对我说,你不在家,但我那时觉得你是在家里的。"

"我自己惊吓起自己来了……"柳德米娜举起眼睛,脸上泛起红来,很害羞地说道,"我不晓得那是怎样发生的啊……我从来没有这样遇着

68

过……我曾想到你一定要轻视我的……当我第二天自己打电话给你，他们却对我说，你已经走了……"

"你怎样能够想到这个啊……我完全整个的是与你在一块儿的……现在比从前更要好些呢。"谢尔格说着此话，不知何故即刻就想起他还有一个老婆格鲁莎，她此刻什么东西都不知道，大约正坐在炉子旁边，缝衣服或是预备晚餐，或是她正在想着他怎样到了莫斯科，做些什么事情，念不念及在乡间的她。

柳德米娜握着他的略微颤动的手，沉默着向他射着审视的目光。在这种目光里具着热情的渴求，要想肯定一桩什么事情。

后来她还是很严肃地望着谢尔格，向他说道：

"我的心在你的面前是很纯洁的，因此我也就不害羞说它……它是属于你的。但是，难道说将来什么时候，我要忏悔现在的这一分钟吗？……唉，我不管它！"

她张着燃烧着似的眼睛，摇了一下头。

谢尔格感觉到她这样的爱情的力量，她的这样的动人的坦白，不禁毫不迟疑，很坚决地说道：

"永不会……你永不会忏悔的啊。"

是的，他这样说了。他很清楚地记得这个。难道说她不能永远地成为那初次相遇到的时候的她吗？难道说能因为后来所经过的一番噩梦，就归罪于她吗？

谢尔格想在说话之间，她对他的称呼放亲近些。但是柳德米娜红着脸向他说，她怕旁人听着了不大方便。

她的感觉是如此羞赧，并请求他在大众面前不要过于表示亲近，除了在她自己的屋内。在街上，当谢尔格挽起她的臂膀走路时，如果她看见了熟人，便即刻与谢尔格隔开或改变话头。

"你为什么要这样想呢？"谢尔格有一次这样问她。

她望了他一眼，说道：

"人们微小，而大半都是卑鄙的。他们所明白的事情，总比事实要坏得多呢。我不愿意谁个随便谈起来我们的相识和我们的，我觉得，过于显然的亲近……还是一种友谊的亲近。我现在对于你所起的一种感情，对于我自己是一个很大的新闻。我从来没有对于任何人起过这种感情。我想保全它如一奇迹，不受任何的污点。为着要使别人的眼光都不能沾染着它……"

有一天，谢尔格在柳德米娜的家里，恰走进来了她的两位女友——叶林娜，一个很高的、好热闹的女人；李第亚，一个很沉静的女人，她的手中总是捏着纸烟。柳德米娜不禁为难起来，便介绍谢尔格于她们，如一个因有事而来找她的同事。

她这样在别人面前遮掩他们两人的关系，怕将他俩的亲近露出一点儿痕迹来，而谢尔格却想她的和他的熟人明白这个为别人所不能侵犯的漂亮的女人，独独对于他是很亲近的。当他与柳德米娜在别人面前，她便冷淡起来，对他的态度如对于别人的一样，这的确是使谢尔格引为烦恼的事情。

他不明白为什么她能这样地变化，她居然能在人眼中把持着自己，任你有什么尖锐的眼睛，也不能觉察出来。因此谢尔格常在一种迟疑的状态中。他忽而相信她，忽而又迟疑起来。他愿望着他们间的关系迅速地决定一下。为着这个目的，他主张搬过来与她同居。

# 一七

　　最后，谢尔格的愿望实现了。他搬到她的家里。现在完结了一切的疑虑，现在不再需要躲避着别人，不再需要打算幽会的日期，好使别人不会觉察到。当他们在一块儿，那计算时间的心情是不必要的了，因为从今后他们永远是不分开的。

　　当这一切都完结了，谢尔格搬过来第三天的晚上，他们坐在一张长靠椅上，柳德米娜偎傍着他，向他说，现在他们没有什么可以焦虑的了，因为他们是在一块儿住着的了。谢尔格忽然觉着他爱她的程度比较低一些了。

　　在柳德米娜一方面却恰恰相反。她由于情形的确定及对于谢尔格的信任，为幸福所紧紧地包围着。现在他们不需要躲避着别人，不再需要隐藏他们俩的关系，这件事情使她自豪起来。

　　她曾轻轻地提起一桩事情，那就是谢尔格还没有离婚，究竟他们住在一块儿还不能像真正的夫妻一样。但是因为她全身心充满着幸福，这种思想不过临时地闪动了一下，即刻又说起别的事情来。

现在，跨过了这一根线，她不但在人们面前不隐藏她对于他的亲近，而且企图将这种亲近表现出来，好像她现在对此得到了正式的权利之一种意识，足以使她有无限的愉快。

似乎每一次她与他在人们面前的出现，使她更尖锐地感觉到，这个首先与她无关系的人，现在却成为她的一个最亲爱的人了。

有时，同谢尔格坐在一块儿，紧紧地偎傍着他，就如同在他保护之下似的，柳德米娜忽然用手掩住了面孔，就如同她的眼睛忽然昏黑了的神情，说她异常恐惧。她之所以这样恐惧，是由于她感到异常幸福。她从没有这样幸福过。她惧怕这种异常的奇迹，这种此刻充满着她的灵魂的奇迹，或者要渐渐地消逝下去，如别人所经过的一样。

"不会的！"她即刻向自己热烈地表示否认，"不会的！这件事情不会发生，而且也是不应当发生的！我们将尽力保存着这种奇迹，永远维护着它的魔力。这是天赋予人的最高尚的东西。当一个别人的、以前所不认识的人的灵魂，完完全全地属于你，同你的灵魂混合为一，预备每一分钟为着这种灵魂的结合，很欢欣地贡献出自己的生命，这难道说不是奇迹吗？（我将连一分钟都不踌躇啊！）当一个人成为贵重于世界上的一切，并贵重于自己的生命，这难道说不是奇迹吗？感觉着你对于我和我对于你，在生活中比任何都需要些，那是如何幸福啊！……这样，如何能不宝贵这种奇迹，如何能让它消磨呢？"

她有时惊异、恐惧，并欢欣自己爱情的魔力。

"又过了一个月了。"她很惊异和欢欣地说道。她感觉谢尔格还是如初期一样，或有过之无不及。为着要使他感觉到她的那一种对于他的忠实，及她如何将自己的灵魂交付给他，柳德米娜说道：

"如我这样地爱你，任何女人都不能够啊！"

她的爱情要求在每一种琐碎的事情上面都表现出来。她向谢尔格说，没有一瞬间她不曾念及他。

从前，不要看她所达到的地位，不要看她的活的工作及独立的精神，她觉得她的生活异常空泛，失去了一种根本的意味。她觉得她虽然外表没有什么缺陷，但是她的生活是空泛而无意味的。她工作，劳碌，匆忙，疲倦；但是为着什么呢？为着获取衣食，而此外呢？……现在她的生活忽然充满起来了，为目的与意味所闪耀着。现在一切所需要做到的，就是不让他们之间神秘的爱情变成习惯，不让这种爱情的热度低落下来。

她有时在一个公众食堂里，为谢尔格指示着某一对夫妻：夫读着报纸，而妻静默地在菜盘中移动着刀叉，等待第二盘的到来，或者寂寞地巡视着四方。

"啊，你看，这是怎样可怕的现象！这种可怕的现象，普通人谁个也觉察不到，因为这是很自然、很通常的事情。一种什么东西将这些人们联结在一起呢？习惯与住宅而已。他们的灵魂已经死去了，他们的生命已经停滞了。与其达到这种地步，不如先决裂共同的生活为好些。"

一切工作后的余暇，她总企图着时时刻刻与谢尔格在一起。向剧院去，或散步，或做客，她总是想与谢尔格同道，也只有她与谢尔格同道的时候，这对于她是异常的快慰。她说过，她对于自己发现一桩意外的事情：她完全不能离开他而生存。她是很惊异而欢欣地说着这个。在以前，她不能发生与一个别人（尤其是男人）同住在一间房子内的思想，因为对于她男人们都是很讨厌的，但是现在若没有了他，她便感觉到寂寞，便不能有一分钟的安息。

谢尔格也就很愉快地听着这些话，他是男人中的最好者，他是男人中的例外。

有一次他出了办公处走向编辑部，没有先通知她，回家的辰光却迟延了三点钟。

当他走进屋内敲叩房门的时候，柳德米娜立在房子中间，具着极恐惧极慌张的神气向房门望着，似乎等待什么异常的灾祸似的。后来，她看见了他，便向他扑去，始而仅沉默地吻他，好像不相信他的到来，然后她急迫地又是笑又是哭着，向他诉说适才的心境。她幻觉到他被电车或汽车轧死了，即刻门开了就要抬进被残害的尸身来。……

她诉说着这些，不禁嘲笑着自己，但是她的眼泪还是丝丝地流着，她无论怎样不能停止住。

于是谢尔格又很愉快地第一次在自己的生活中看见这种热烈的对于他的爱。他在实质上不过是一个简单的乡下佬，而这个美妙的女人却能如此异常爱他。

如果谢尔格进了城，很久不回来的时候，她便开始向一切相识的人们打电话，问他们那里有没有谢尔格。

谢尔格也是如此，当她久不转来的时候，他觉得不方便不有如柳德米娜对于他的那种挂念，便也打电话到处去询问。他虽然没感觉到任何的恐惧，但他向她说，如果她久不转来的时候，他是为她恐惧的。

当朋友们向他们说笑，说他们在我们的时代是一对古董的时候，柳德米娜仅很幸福地微笑着，瞟看着谢尔格。

当人们称她为谢尔格夫人，或关于房屋事件不来找她而来找谢尔格的时候，那她便感觉到异常愉快。她宛然要想完全将自己消灭于谢尔格的身上，不要有单独的名姓，也不要有单独的存在。这对于她是再没有比较远高些的幸福了……

他们的生活似乎浸润于爱情、混合、相互纪念的海中。例如他们有这样的规矩，若一个人出去而别一个不在座的时候，一定要留下一张字条。他们互相写着信，除去一些甜蜜的话之外，还写着到什么地方去了，什么时候回来。

谢尔格没有感觉到一定要如她所做的那种需要，但是为着不使她生气，为着使她快乐，也就不得不如此去做。他之所以如此做，并不是为着自己，而是为着她。如此，这种情状日渐增加起来，他对她的行动不由于自己的感觉，而多由于使她不生气的欲望。

她的社会的工作对于她，失了任何的兴趣，这并没惊吓了她，而仅使她欢欣起来：这是说，如果她从她的生活中驱开了一切，那她对于谢尔格的爱情的确是伟大的。这是说，如果除了他一个人之外，世界上什么东西她都不需要，那她现在的生活的确是充实的啊。

她似乎要将自己和他从全世界隔开，为着不要时常听到别人的声音，看见别人的存在。她似乎很饥渴地幻想着，只要能与别人离开，就是移居到一座小房子里也好。

房门总是经常地紧闭着，为着外边的喧哗不能到达房内来，为着不要忆起别人的存在。因此，她总爱与谢尔格到城的外郊去散步，为着那里他们好单独地在一起，不看见自己周遭的别人的生活，这些别人的生活足以伤害柳德米娜高尚的情绪。

只有当她能与谢尔格共同分担的时候，她对于每一种印象才能完全地领受。因此对于她，例如她一个人在剧院里，虽然就是演着最有趣味的剧本，那也是没有什么意义的。如果没有他在一起，那她是不能快活起来的。有时她被招请到什么地方去，而谢尔格为工作所忙不能同去，那她一定也要拒绝，并说她只有与谢尔格一起才能感觉到愉快。

谢尔格记得，有一次他向她说，今天晚上编辑委员们要在一个画家的家里聚会，并请他列席。

"而我呢？"柳德米娜迟疑地、惊恐地问道，"我不能同你一块儿去吗？"

"我想，这不大方便，因为只请我一个人呢。"

她说，她于这个时间到叶林娜家里去，因为没有他，那她一个人是不能在这间房子内坐着的。

他到三点钟才转回家来，因为在无底止的讨论和谈话以后，又聚起友谊的晚餐来，他是不方便先走开的。

柳德米娜没有就寝。他从院内看见窗内的灯光。她很耐心地等待他，为他预备了晚餐，因为久不见他回来，所以时常将晚餐温热着，为着使它不要冷去。她同他说："我总是向窗外望着，把钟的罗盘转向墙壁，为着要欺瞒自己，免得想到你这么久不回而不安起来。"

这一种无涯际的挂念，这一种非常的忠诚，不禁感动了谢尔格，于是向她说道，此后他什么地方也不去了，他绝不能设想到他在别的什么地方开心，而让她独坐在家里的一种情况。

"而那里是很开心的吗？"她这样问道。在她的眼光里感觉到一种惊惧的心情。她开始问起来，那里聚集的是一些什么人，为什么他回转来这样迟。她，眼见得，最怕的是谢尔格没有她在身边，而能感觉着很好。对于她那是很奇怪的事情，忽然一种别的什么东西，能够领得小小的权力放在谢尔格的身上。

她感到异常幸福，当他为着要不负她的期待，向她说道，他在那里没有她在旁边，实在觉得有点儿寂寞。那里有一个很有趣的姑娘，但是在他看来是一种什么程度呢，现在一切的女人对于他是不存在的。

在柳德米娜的面孔上又一瞬间现着不放心的神情，但是当谢尔格说了最后一句话的时候，她将谢尔格的脖子用双手搂得紧紧的，就同怕失去了一件什么宝物一样。

有一次谢尔格向她说过，如果她与他在一起的时候，他完全不能工作，他的工作对于他似乎形成了寂寞而无兴趣的东西。

"可是我的工作先前对于我是最重要的东西呢。"

柳德米娜又将他热烈地拥抱起来了。对于她，知道他对于她的爱情能够占据生活中的一切，这是无上的幸福。

"我觉悟到，你的工作是需要的，对于你也是必要的，那一些你与我共分的思想是很有价值的。"柳德米娜说，"我自己也是生活在这一种思想里，就是我将帮助你在生活中的一切，这一种帮助对于你是很需要而有价值的，但究竟哪是使我更为甜蜜的事情，就是能够听到你对于我的爱情超过你对于工作的热情。我的幻想本是在于你对于我的爱情要强于世界上的一切啊。那时才是最高的幸福呢。"

对于一切稍微有点儿减少他的对于她的爱情的事情，已经不说那摇动两个字了，她都用着仇视与惊恐的眼光去看。她用着很得意的与欢欣的态度向他说过，除了他之外，她不需要任何什么东西，也不需要人们，也不需要什么印象，也不需要什么工作，如果这工作是不为他所参加的。

谢尔格自己却没有感觉到这个。他是需要人类和世界的，他欢喜群众、活动，但他不方便向柳德米娜说。他感觉到一种内里的服从性，一定要向她说，他没有她在旁边，那是很寂寞的。

他每天都预备要开始自己经常的工作。他每天都想起自己的纸簿，在这个纸簿的上面，近来他连一行字都没写上去。他的一些剩余的时间都消耗到柳德米娜的身上去了，总是不断地谈着他们俩相互间的感觉，谈着现代的青年完全不知道如此深刻的、纯洁的关系。

有一次她出去了，留下一张字条，说她被叶林娜邀请去了，将于八点钟回来。她请他什么地方都不要去，为着不要使她回来之后，见着一个空无所有的房间。

# 一八

　　谢尔格忽然感觉到一种秘密的快慰，这由于他想到他一个人留在家里，他此刻可以照着从前一样地工作了。

　　在两个月每天的形影不离的共同生活之后，这一种隔离的感觉，双倍地觉得是一种什么样的被忘却了的欢欣，现在是被寻找出来了。

　　从这两个月所经过的生活里，他的意识没有拿出来一点儿什么，对于它也没结算一下。

　　有时他仅仅起了一些思想，想将它们即刻记录下来，但是后来总是拖延着，决定将来一齐记录到纸簿子上。他愈拖延，他的思想愈来得少了。

　　他看见了，临时发生的思想，只有临时记录下来才是正确的，若后来回忆起来，那是不能得到那发生时的正确的。

　　后来他的思考力特别集中到柳德米娜的身上：她对于他的爱情是如此异常，为什么她一分钟都不能够离开他。这是什么——肯定的还是否定的现象？

他照着自己的习惯，总是要在局部的事实上，寻找出共同的原因来。除开这个局部的事实之特有的意义而外，他还要从自己生活的重要意义的观点上，来观察它的意义到底如何。

于是此刻一种普通的意义，那柳德米娜所立着的，以及人类意识发展的阶段，对于他是很显然的了。

由于这个女人的特点，他起了一种思想，就是在人类个性的发展上有三个范畴。

第一个范畴：一个人完全为着自己及狭小的家庭而生存。

第二个范畴：一个人仅仅形成集体的一小部分，这一小部分执行集体的意志与任务。

第三个范畴：一个人除开执行集体的意志而外，还执行自己本性的意志；这个本性产生价值，不但为一个人自己，为与他亲近的集体所需要的，而且也是为全人类所需要的。在这样的一个人的身上，具着特有的生命力。

柳德米娜没具着这种特有的生命力，因为她经常需要别一个人给她这种生命力及生命的意义。

谢尔格想，人类中具有特有的生命力的，只有极少极少的部分。

这时柳德米娜走进屋内，她用着很快的脚步，宛如因为回来迟了的样子，怕有人在家里焦急地等候她。

看见谢尔格傍着桌子坐着，她立在他的后边，连衣帽也不脱下，手里持着买了一种什么的包裹。她望着谢尔格的项背，暗暗地微笑着，因为谢尔格没有觉察到。

她跑得满脸通红，她的两眼炽燃着幸福的光芒，这一由于新鲜空气的刺激，二也由于她意识到她终于回到家里来了。

谢尔格不经意地见了她，便说道：

"啊哈，你已经回来了。"

于是他向她诉说，他思想得很好，这是第一天他感觉到自己的思想这样异常清晰。他等待她向他表示欢欣与同情，但是她沉默着不发一言。他越是说将下去，那在她面孔上的笑痕与兴致便越消逝了。

最后她说道：

"你望见了我，说道：'啊哈，你已经回来了。'……而我回来却迟了一点钟，差不多在路上是半跑着回来的，因为我想到，你没有我在家一定是很寂寞的，所以我焦急得不得了。却不料对于你没有什么差别……或者觉着不同我在一块儿还好些吧？"

"我只是好好地工作了，没有觉察到已经过了很多时候。而且我很久没曾一个人单独地留在家里过。必须在很少的时候，一个人留在家里几点钟。"

"如此，那么的确你没有我在旁边觉着好些吗？"

她这样问他，没有向他举起眼睛。

"我不是说完全不要你在旁边，而是说有时候……"

柳德米娜长叹了一声，将眼眉移向窗门，不动地向那儿望着。停一会儿，沉默着，她脱下手套，连向谢尔格望也不望一下。

"这是怎么一回事，"谢尔格说，"难道说我不需要工作吗？真正地工作起来，我只能一个人留着才可以，虽然就是一点钟的时间，但是一个人留着。"

他坐在椅子上，半转身来向他的妻望着。她不走近他，经过他的身旁，走向窗口倚着，她的目光依旧停滞着。停一会儿，她并不扭转头来，轻轻地说道：

"实际上，现在所发现的是应当发现的事情。这样的事情对于一切人们通常是如此的。始而你对于我的爱情是高涨着，你是什么事情都不能做，因为我对于你就是一切。现在你可以做事了……不但能够，而且没有我反觉着好些，虽然你说在很少的时候。就是这么一回事。"

她向他转过身来，很平静地说着，并且如要安慰他的样子。

"你没有什么不对啊。你这样做，也就是每一个男人都这样做的呢。"

"但是如果我完全忘掉我对于我的生活所应当做的事情，那又有什么好处呢？"

"那是没有什么好处的。那是不大对的。"柳德米娜说，"但是当你为着我的缘故不去做你所需要做的事情，没有理性地行动着，这对于我却是大大的证明，我将你的全身心都充满着了。我对于你是一切，而现在……完结了。我曾想，我的存在充满了你的生活，也就如你充满了我的生活到了极点一样。却不料我仅能在很短的时间内，充满了你的生活，在这种状况之下，你除开我而外，不需要任何什么东西……我最后也曾想着，我将来帮助你，你将感激命运送给了你如我这样的一个帮手。我将全生命贡献给你，成为对于你是一个有用的人，这也就是我的伟大的幸福。却不料你仅仅当我不在身旁的时候才能工作。"

"但是，你原来是说过的，对于你最重要的，在于我借以为生活的东西。然而现在当我开始借此生活的时候，你却痛苦起来……什么地方是逻辑呢？"

她苦楚地笑起来了。

"我的上帝，难道说我不看见，难道说我不明白你是对的吗？你是很对的呢。但是在这一种'对的'当中，却开始了那个结局……我所信的那个……"

她咬着嘴唇，沉默下来了。在她的眼眶里起了泪潮，忽然经过她的长睫毛流到她的手上、衣上，印着黑而闪光的斑痕。

谢尔格忽然觉到身上的束缚，但是他强制着自己，向她说道，什么东西也没改变，他虽然工作，但是还是记着她。（但是说着这个，不禁记起来：他想到她不过如一个发展上的低级人而已。）他说，当他想到他现在有一个人帮助他活动，她对于他在工作上的确是需要的，那他便觉得更有力量工作些。

柳德米娜沉默着听着他的话。但她的泪水从眼眶中已经流得很慢了。最后，她将头向他扭转过来，将手帕掩着口唇，向他很用力地望着，似乎要在谢尔格的眼光中，寻出他口中所说出来的话的肯定。到底他的男性的灵魂，在这个灵魂上她放置着一切希望与生命的意义，是不是现在要变成毫不相关的东西，要离她而独立，走向自己的路呢？是不是她的灵魂是为他所不需要的，虽然他说了这些安心话？……

或者将全生命贡献于自己所爱的人的女人的命运，这个命运永远孤寂和空泛吗？……

谢尔格觉得应极力说些温存的话，才能将事情弄得平静下去。他于是也就做了。柳德米娜向长靠椅坐下，谢尔格也就在她旁边坐下，继续安慰她，后来将她的手拿到自己的头上。她的手始而不动地，就如死的一样搁在他头上。他依旧向窗的那边望着。停一会儿，她的手略微有点儿移动，柳德米娜很苦楚地、沉恳地抚摩他的头发，似乎要借此表示并不向他生气，但是她无论如何不能不想到，奇怪的事情在世间是不会有的。

结果，谢尔格勉强地不自然地微笑了。她的泪尚未干的眼睛向他望了一些时，后来强制着自己的情绪，将他的手紧握起来，宛然要企图将他永远地把持在身边，挽回那已经开始从她身边溜跑的东西。

后来她请求他可以任意一个人留着工作。对于她，那能够看见他安心工作，是一桩很欢欣的事情。虽然在工作时，他一句话都不向她说，但这并不要紧。

谢尔格向她这种牺牲表示感激，但是他记得，恰好从这时起，每次当她回来的时候，他一听见她的脚步，便将工作搁置下来，从旁面看见自己是一个撒谎的人了。他问她，为什么这样久不到他的身边来，并说他已经很寂寞了。他看见她的眼睛由于这些温存的话语，是如何放射着幸福的光芒。

# 一九

在一个星期六的一天，柳德米娜的朋友叶林娜、李第亚及其丈夫，应到柳德米娜家里来做客。柳德米娜红着脸向谢尔格说，她很愿意将白赫，就是那个他们在路上遇着的男人，也请到家里来。

说着这话，她红着脸很胆怯地看着谢尔格，似乎怕这件事情对于他是不愉快的。

"但是你从前原是躲避他的。"谢尔格说。

"我躲避他，那是当他对于我是很危险的人的时候，可是现在我却觉得在你的牢固的保护之下了。"柳德米娜说，"当他知道我是属于你的了，他也就不得不与事实妥协了。如果我们不邀请他，那他将要愁苦起来，因为反正他从叶林娜的口中，一定要得知今天的事情的。"

"既然这样，我是没有什么差别的，你愿意请谁就请谁。"

如果在与谢尔格交好的初时，柳德米娜对于和谢尔格的关系，生怕被别人看见了，但现在恰恰与前相反，在别人面前她乐于显出自己与谢尔格的亲近，似乎如此才提起来她的信念：这个从前对于她毫无关系的人，现在却是她的最亲近的、与她同本的人——丈夫。

于是宾客对于她不仅仅是宾客，并且不仅仅是朋友，而是她的幸福的证人。她想向他们表露出自己的新生活，并在他们的眼光中，深刻地感受到自己的新的幸运。她已经不是一个孤寂的人了。她的生活现在充满了幸福与意味。

在三天以前，她已经忙于购买什物。她觉得她现在为着装饰自己的安乐窝而做的一切，是有宝贵的意思的行动。她有了自己的安乐窝，因此她可以自豪，而给予自己的朋友们赏鉴赏鉴。

在宾客聚临的前夜，柳德米娜注意到谢尔格的手，于是亲自为他修甲。可是那两个大拇指甲使她失望起来：它们是那样大而宽，任你怎样修剪，也是不能弄得好看起来啊。

"为什么它们是这样大的，我从前从没注意到呢。"柳德米娜很迟疑地说。

床上她铺下很精致的白毯，而自己走向理发处烫了发。

谢尔格在宾客光临的那一天晚上，本应在七点钟回来，可是他迟至九点钟才回来，在这时候，前房已经响着来宾的声音。

宾客共有四位。叶林娜，一个烫着卷发的、漂亮的、高身材的女人。她立在镜子前面，往后边挪动肩上的围巾，用梳子拢额上的头发，很高兴地笑着。

另一个柳德米娜的女友李第亚，她是一个高瘦的、灰白面庞的女人，穿着带袖的黑衣。她习惯于不断地吸着香烟，她进房内一解了衣，便首先拿出香烟来，用眼睛寻找什么地方放着火柴。

"她完全被烟熏坏了啊。"叶林娜说，"给她火柴吧，不然的话，她会死呢。"

李第亚的丈夫是一个很肥胖的人，眉下有一颗痣，动时与眼皮一起。

第四位客人便是白赫。

"啊，最后他来了。"谢尔格走进的当儿，柳德米娜这样叫着说。在她的叫声里，响动着欢欣与矜持的心情，但同时又惧怕她的朋友们要打趣她。

叶林娜在谢尔格走进来与大家握了手之后，向他说道：

"你知道你的迟回该多令人担心啊。你晓得大家在此是如何的景象吗？大家已经设想你被汽车或被电车轧死了呢，已经想要喊起急救车来了呢。难道说你们常常是如此吗？"她说着这话，用活跃的黑眼睛向谢尔格望着，同时她的双唇由于滑稽的微笑而翘动起来了。

"常常是如此的。"谢尔格回答她，微笑着向柳德米娜瞟望着。

大家都嘲笑着这种异常的爱情。唯李第亚依旧是愁闷而平静的样子，在那里吸着烟。烟灰总是落到她的衣上，她拿起裙子，持着烟灰盒，从裙子上将烟灰抖将下来。

白赫在这时坐着不动，低下眼睛，就同一个人被强制着要列席，而他的感觉是没有人可以告诉的。

柳德米娜继续着说些什么话，看见谢尔格的书桌上放着些没整理的文件，便走向前去，将它们整理起来。她那样地将它们收拾得好好的，眼看是在自己的朋友们面前，这些文件对于她又有别一种价值，这价值是与她有密切的关系的。

谢尔格记得，当时他自己不知因为什么，对此加了注意。

宾客们观看了房间及柳德米娜所买回来的壁上所悬的画片。他们等待着入座。当谢尔格想要帮助柳德米娜做一点儿什么事，她总是摸摸他的手说，她自己会做，不必他帮忙。

而谢尔格觉着在这种社会中间，他是一个很生疏的人，恰恰想要寻着什么题目，做一点儿事情，好免得他们见出自己不安的状态，及不知如何向他们谈话的情形。

并且他觉着他们是来观看他的，因此觉得自己异常拘束，甚为不便。他不是把叉子弄落到地下，便是将刀弄落到椅子上，这时他的确想将玻璃杯摔到地板上，站起来走出门云。那时真是糟糕大吉呢！

叶林娜很有精神地笑着，时常眯着眼睛向白赫瞟着。在瞟看时，她的面孔上的笑痕转瞬间消逝了，顿时严肃烦躁起来。但是她即刻又说笑起来了。

谢尔格间或捉住了白赫瞟看柳德米娜的眼光。她越是高兴，越是活跃，她的两眼越是炽热着，她的脸越泛红地微笑着，那白赫的面孔便越灰暗起来、阴惨起来。虽然他在表面上是一个很会交际的人物，能够谈笑风生，而且知道自己的每一句话都要受人们的欢迎，但是他究竟掩盖不了他的愁苦的神情。柳德米娜看见了这个，企图特别地向他表示温存。

同时，眼见得白赫的愁苦对于她是愉快的：他的愁苦激动了她的愉快的心境。她的腮庞炽热地泛着红晕，她的眼睛闪耀地放着光芒，她的动作异常热情，这一切都足指明她的心境是异乎常态的。

但是这个人的列座为什么现在这样激动她，而以前她是躲避着与他见面呢？谢尔格在当时也罢，在现在也罢，在发生分裂了以后，不能明白这是因为什么。

他不禁捉摸着白赫向柳德米娜所瞄的眼光。在他的眼光里，激荡着艳羡与嫉妒，及想要知道为什么这个女人甩掉了他，而爱上这个连谈话都不会的乡下佬。

有时眼见得他想捉到她的眼光，使她与自己的眼光相遇。但是柳德米娜的眼睛似乎不明白他的眼光的意义，并不特别注意到白赫的身上，她的那一双充满着幸福的温存的眼睛对于在座的人们是没有差别的。她的眼睛从这个人的面孔上轮流地又瞄到那个人的面孔上。

大家谈起房屋问题的艰难，于是柳德米娜说，她幻想着一所小小的单独的房子，就是很小也不要紧，只要是单独的。

谢尔格在她的这几句话之后，又看到白赫向柳德米娜射着的眼光。但是她又没注意到这个。

叶林娜时常瞟看谢尔格，眼见得她是暗暗地奇怪，为什么像柳德米娜这样漂亮的女人，会爱上这个大概完全没有受过教育的乡下佬。但是每一个女人都喜欢对于她的女友的床笫生活发生兴趣，并且希望她们幸福完满，就算她的女友所选择的对象不合乎她意，她也不能不故为夸赞。所以叶林娜坐在柳德米娜的身边，挨近她的耳朵轻轻地说道：

"你真是能干的孩子，我为你欢喜呢……"

柳德米娜红了脸，将眼向叶林娜瞟了一下，静默地将她放在自己肩上的手紧握起来。

有一次她见到了，白赫在晚餐之后，完全一个人坐在旁边，孤单地吸着烟，于是她用着轻轻的脚步走近他。她向他的对面坐下，开始很活跃地同他谈起话来，尽量放着温存的声调，似乎她为着什么想要酬答他。

白赫沉默着不语，很凄楚地吻了她的手。

"我此刻是这样感觉着，"白赫轻轻地、凄楚地说道，"好像把我定了死刑，同时又要来使我开心……我自己应当做一个开心的有趣的谈话者。这是如何矛盾，莫名其妙！"

"真是难以明白，"他继续说道，"为什么一定要牵引到那不可解与不可达到的事呢。……"

柳德米娜把持着自己，像是很幸福的样子，她想将这个显示给别人看，同时又不愿意因此弄得谁个过于痛苦了。

但是在白赫的这几句话之后，柳德米娜活跃的神情静寂下来了。她低下眼睛，也是如他那样轻轻地说道：

"你仅仅需要那不可达到的东西，而我所需要的，却是那我能信任而且能够感觉到的，就是对于这个人，我的灵魂是有用的、是必要的，如一个巨大的宝物一样。"

说了这话，她不再如那走近他时的一种张目的公开的样子，便轻轻地离开他向着桌子这边走来。这时叶林娜正在向大家递送着茶。

当大家坐下饮茶的时候，柳德米娜转递着茶杯，向与谢尔格并列坐着的叶林娜说道：

"请你转递给主人吧。"

叶林娜转递了茶杯，将身伸向柳德米娜，轻轻地，然而大家都可以听着她的话音，问道：

"你们怎么样，真正地在教堂里结过婚，还是简单地就这样签了字？"

大家不知为着何故，一时寂静下来了。柳德米娜一瞬间变为惊恐而严肃的样子，后来红着脸说道：

"不，还没曾怎样……我们还有许多手续要做，但是我想，很快……"

柳德米娜向谢尔格瞟了一眼。

"是的，很快……"谢尔格这样说着，觉着他的脸也红起来了。

他之所以红了脸，是因为忽然想起了自己的老婆，觉得与这些不相干的人们坐在一起，谈着与格鲁莎离婚的事情，实在是不合理。他刚从家里回到莫斯科，并想将她带到莫斯科，她虽然没同来，但他与她辞别的时候是很亲近而温存的。她从没梦想到他要与她离婚。但是现在他要与她离婚，另外再娶别一个女人……

白赫总是用调羹调着茶杯中的茶，在叶林娜的问题下，向柳德米娜瞟了一眼。谢尔格觉得柳德米娜感受了白赫的眼光之后，她的脸更泛起红潮来了。

李第亚的丈夫饮过了茶之后，顺着墙壁走着，观看壁上所悬着的画片，向柳德米娜发了一个问题。她很心愿地立起身来，即刻走近他的身边，开始为他解释。因为叶林娜的问题将大家都弄得有一种难为情的感觉。

## 二〇

在夜一点钟的辰光，宾客们走了。谢尔格送至巷口，回转屋来，见着柳德米娜倚着窗口站着，背朝着他。当他走进房内，她没有向他转过脸来。

"你是怎么了？"谢尔格问，走近她的身前，用手将她的头扭转过来。

柳德米娜看了他一眼，深深地叹了一口气，重新将头扭转过去。

"你到底是怎么啦？"

柳德米娜扭过头来，向他看了一些时，后来将眼低下，说道：

"亲爱的，我没有向你说过，因为我以为你自己是可以猜得到的啊。我觉得今天我是在一种大大不好的情状之下。"

"到底是什么一回事呢？"

"而你猜不到吗？……你觉得我们的关系都是很正式的吗？"她说着蹙起眉来，异常苦闷。停一会儿，她又低下眼睛说道："我说的是关于离婚的事情……"

"好吧，"谢尔格说，"而为什么这对于你有很大的意义呢？"

"亲爱的，不要说吧！这个有很大的意义呢。我愿完完全全成为你的，使我们中间没有第三者立着。这不仅为着我自己，也为着别人。当谈到我与你的婚姻时，我红脸，我觉得自己很惭愧。我不知如何答法。我不知道……我是你的什么人？……"

"你不知道你是我的什么人？"谢尔格惊异地问。

"是的，我不知道，"柳德米娜坚决地答道，"因为我对于你，没有被别人承认的权利啊。我不能够坚决地说，我是你的妻。"

"那么，好吧，这又有什么。我明天就将这事做妥吧。"

柳德米娜惊惧地向他望着，好像期待着命运的判决，听了他的话之后，很快地热烈地将他的颈脖抱着，用力地吻他。

"现在我完全、完全幸福得很啊！"她的眼睛放射热情的光芒了。"你什么也没觉察到吗？……我说的是关于白赫……让我们向这里坐下来吧！"她说着向长靠椅角上坐下。

他们常有特别的、直爽的谈话。今天柳德米娜略微为酒所陶醉了一点儿。眼见得又是这样谈话的时期了。

"当我同他坐在那个角落里，他向我说，他痛苦得不得了。他看着我同别人幸福，并且还要做着三心的样子，这简直对于他是严酷的刑罚啊。"

"这对于你是愉快的吗？"谢尔格问。

柳德米娜笔直地望了他一些时，似乎要度量一下，能否完全毫不隐瞒地向他诉说一切，后来红着脸说道：

"你设想吧，是的……"

"但是你不是说，他对于你是完全不需要的吗？"

"完完全全了！……我不知道为什么要如此，但是这对于我是很愉快的事情。一个男人曾经轻看了我……现在却为我而痛苦着。"

"我将不会觉得愉快呢。"

"其实我也不完全相信他真是在烦恼着呢。但是对于女人，这知道谁个因为她而烦恼，这是证明她的生命还值得一点儿什么，她的生命是为谁个所需要的。虽然那个是为她完完全全不需要的人了，然而她对于他却是需要的呢。因此，我特别地，愉快地，将我与你在一块儿幸福的样子，显示给他看看。不过……不过我究竟不会想到这对于他是这样大的刺激……"

她一瞬间蹙着眉，将头侧过去，想了一想。但她即刻又振作起来，继续很活跃地说道：

"你知道他向我请求什么吗？"

"向你请求什么？"

"他请求我，要我允许他做我的朋友，从今后绝不再向我提出一个字来，什么疯狂地爱我……但是我如果需要他的生命的时候，那他情愿将他的生命交给我，只要这个对于我有什么好处。他请求我，如同要我施恩一样，要我不再像先前一样驱逐他、冷视他。"

说了这话，她将脸转向谢尔格，掠一掠松散了的头发。

"他本是戏子，他们戏子说话总是有点儿天花乱坠啊。"

"不，亲爱的，不！"她差不多很惊恐地这样说着，宛然谁个要夺取她的财产一样，"我知道他，他恰恰相反，时常矜持。他是'没有弱点的人'。我期待着今天向他表示胜利，但我今天真是可怜他得很呢……同时我又为他欢喜，虽然他是无希望的，但终能知道那为他往时所轻看过的东西。但是，自然啰，他也许由于不习惯今天的这种情景，会更因之感到那为他实际上所没有那样深的痛苦呢。"

后来她的思想眼见得又走到别一个方向，于是她很用力地拥抱着谢尔格，说道：

"在你此刻所说的——你明天就去办这件事情——之后，我更愉快地想到要装饰你和我的小房子、小住室。在这其间，在未遇着你以前，我都是在可怕的空泛中过着日子。"

"但是你的工作呢?……"

"啊,亲爱的,至于工作吗?工作不过给了我生活的工具,而我的生命却没曾为谁个所需要呢。我走向家里来,不过是为着度夜或是吃饭而已。自然,工作有时也引诱着我、我是很喜欢显示自己是一个有精力、有才能的人,为着自己在生活中的位置而奋斗,但是这通通不是那么一回事……"

"到底什么东西是最重要的呢?"谢尔格问。

"最重要的这就是你啊。"她很冲动地说,"你是我的生活的对象,你是我的生活的全意义。""我想……我想……"她红了脸这样补充说,"我对于你也是如此啊……我想要你感觉到我是你生活中的帮助者,同我生活在一块儿要好些、容易些、温暖些。我想你没有我便不能生存下去。现在我似乎有一点儿(她拖着细长的声音)感觉到这个,现在我将好好地修饰我们的住室。而且我将用一种很温柔的爱情做着这种事情,因为这是我与你的在世间上的小主室啊。"

谢尔格想在宾客走了之后,写一点儿到他脑海里来的思想,而且略微读一点儿书,但是这种谈话延长了很多的时间,已经太晚了,不得不就寝了。

谢尔格于第二天即写了关于离婚的声明书,于是柳德米娜很热情地开始尽力装置自己的安乐窝。

二一

这时期已经是在艰难困苦的军事共产主义的时期之后，生活开始走向和平的道路了。

知识阶级与资产阶级的余孽，从严烈的暴风雨之中保留下来的分子，又感觉到被破碎的生活，现在似乎开始渐渐地生起以前的羽毛了。

革命将一切人们如锹上的米谷一样，通通都扰乱起来了。从那先前单独的、不可侵犯的、家庭的小窝巢之内，革命将一切人们抛到一团，并不分析什么两性、什么年龄，另外送到一所大厦里，宛如大家都变成了新的大家庭的一员。

在初期每人都乐于将就一点儿，任受什么压挤都可以，只要因此能保留生活的权利，只要不受人们的抛弃，只要不被视为恶劣分子受那流放的待遇。

革命摇动了单个的家庭的狭笼，将它们卷入一流，纷扰了各阶级，使大家在饥寒之中平等起来。人们不再互相分别什么社会地位了。一切都平等了。以前地位崇高的人，现在企图降得越卑下越好，免得引人们注意。他企图与穷人们混在一起，戴上他们的面目。

无论怎样要将生命保全好！受穷也好，同工人一起也好，同清道夫住在一间房子内也好，通通都可以，只要能够保全生命，只要能够有维持生活的必需的东西。

一切以前为幻想的对象的，现在都失去了价格。物件失去了价格。物件变成了危险的东西：谁个敢于穿上獭皮袍子在街上行走呢？代替那羡慕的心情，他仅能遇着那仇视的、轻蔑的目光。谁个敢于做就算买些不要高价的东西，来装饰自己的房间呢？那他将被课着很大的税，而且也不知道将要被算入哪一个社会的范畴里。谁个敢于住一所整幢的房子？

财富失去了价格。它失去了对于人们的威权，失去了自己的冠冕。有钱的人们藏匿自己的财富，就如贩私货的人藏匿自己的私货一样。

从前立着很高的人们，现在为饥寒惊恐所驱逐，是不惯于想着那温暖的安乐窝了。因为只有那温饱的人，只有那生活安全的人，只有那财产不被掠夺的人，才能想及安乐窝的生活，而被饥寒惊恐的人是不能设想及此的。

笼罩着劳动群众的伟大的冲动，使人们都混合起来，这对于别的阶级似乎是一种什么强制、不可抵御的力量。对于公众的工作、革命的纪念节，大家一定都是要参加的——在初期简直是驱逐着大家参加，如果没曾驱逐，那一样也是不得不参加的，因为没有谁个敢于显示自己是敌对劳动阶级的分子。

但是政策改变了，商店开了门，可以购买东西了，可以装修住室了。一个人可以多住一些房间。有好的东西也不再成为危险的事情。而国家因此得到修理一切被破坏的建筑的可能，到处都修理起来，建筑物还到旧的秩序。

以前为着自己安逸的生活而恐惧的人，现在欣喜地看着生活幸福地转来：那醉人的美酒、可爱的物件、精致的饮食……

那为着新社会组织而奋斗的人，多少年过着困苦的兵士的生活，现在也乐得休息一下。

若在前几个年头，人们被引着离开个人的生活走向公众的生活，离开个人的利益走向公众的国家的利益，那么现在却相反了：人们宛如离开了监督的小学生一样，回转来幻想着那"旧的、文明的生活"。

许多人们的确感受到真正的欣幸，以为在我们国度里也文明起来了，也就如在西欧一样，以为布尔什维克白白地跳了一步，白白地向着资本与私有财产宣了战，可是现在又来走这一条路了！现在我们也有了菜馆、商店、香槟酒、汽车。人们对此已经不用着那从前的无关紧要的眼光来看，以为是很自然的现象，而却视之如伟大的欢欣一样，这种欢欣只是在饥寒的教训之后才学会感觉到。

只有那没有看见过旧生活的青年们，仍旧不能幻想着旧生活的转来。他们只看见过那种被人当作恐慌的时代而回忆着的生活。他们知道这种恐慌的时代是自己觉醒的时代，是胜利的、工作紧张的时代。他们回忆着这个时代，如回忆着自己生活的曙光。

谢尔格见着他们向前活动着，如生活在一个友爱的大家庭里一样，离开那旧的路愈行愈远。

谢尔格感觉到，他越与妻的生活过得好些，他们之间的爱情与和睦越增加些，那他的生活便越往后转，他所愿走的路便离他越远。同时他看见了，对于柳德米娜，这种生活下去的方法是为她所欲的。

柳德米娜确实为"文明生活"的回转所包围着了。如果在与谢尔格同居的初期，她倾向于将自己的小家庭和别人的生活隔离起来，那么她现在却倾向将自己的小家庭怎样修饰得更好些。他们领了两个房间，与彼得鲁亨住在对门，这更使她要将自己的小家庭弄得体面些。

柳德米娜时常说道：

"你简直设想不到，我是用着怎样的爱情来做这些事情啊。当我想到这是我们的家庭，这是我们的安乐窝，那我就感觉到我是找到坚固的生活的保障了。我感觉到我现在有自己的生活了。"

谢尔格想说出自己对于个人生活的观念，完全是另一件东西。但他什么也没曾说。

她的那种对于他的内心生活的注意，那种要做他的思想和内心生活的领受者的愿望，现在是消逝了。当他开始同她谈话的时候，她起初勉强注意地听着，但是忽然到了对于谢尔格是重要的关头时，将两手一拍，记起来她忘记了买一件东西。

眼见得她为着修饰安乐窝所购买的一些东西，不简单地对于她算是东西就了事，而另具有一种特别的意义。对于谢尔格，这是些简单的东西，对于她，这却是她的生活目的的肯定，这确证明她在地球上有了自己的特殊的安乐窝。

她喜欢人们向她说，她的衣裳如何漂亮，她如何时髦，这是在哪一家裁缝店做的。照着她的话语，她很喜欢从谢尔格口中听到这些称赞，可是谢尔格对于这些东西完全是外行，而且毫不注意。他时常没觉察到她穿着新衣或是穿着旧衣。她在他的面前想极力做一个漂亮的、艳服的美人，想与她那种对于他的感情相称，而他却不注意到这一层……

有一次谢尔格回来，见到柳德米娜有一种奇异的表情：她望着他，很狡狯地微笑着。

"是什么一回事？"谢尔格问。

"你什么也没注意到吗？"

"没注意到，而到底是什么一回事？"

"我身上穿着什么衣服？"

"反正是衣服……"

"这是我自己做的，而你还没看见过的一件衣服呢。难道说我穿着这件衣服没有变样吗？"

经过了几分钟，白赫来了，他一看见了柳德米娜，便表现出来一种惊异的神情，宛如他看见了一件美妙的东西似的。他即刻就赞叹柳德米娜的新衣了。

柳德米娜后来向谢尔格说道：

"当我听见白赫夸奖我的新衣，我简直要想笑起来，因为说这话的
是他，而不是你啊……你居然连注意都没注意到，这难道说对于你，我
无论穿着什么衣服都是一样吗？……别人注意到，而你！你没注意到！
这是说你的注意力并不集中在我的身上啊！你不要以为这是市侩的要好
看的欲望，不，这完全是别一回事啊。"

白赫现在常来他们家里做客。他时常同柳德米娜向城里去，当他拿
着柳德米娜所购买的货物时，很凄苦地、讥讽地说道，他像一条狗一
样，负着鞭子，这鞭子是要用来打他的。这是因为这些货物是用以修饰
着别人的住室的，所以很使他苦恼，如打着他一样。

"亲爱的，我很看重你对于我的友谊，可是，你不应当发生这些思
想啊。"柳德米娜这样回答他。

她近来很有改变了。这改变是从"她找到了生活的目的与意义"那
时起的。她现在很少注意到内心的生活，而将全副精神集中到外观的修
饰了。表面上她更忙碌起来了，她总具着一副思虑的面孔：如何才能将
房间收拾得好看一点儿，如何才能使他们俩的生活过得漂亮些……

在这时，她的劳动的精力完全降落了。她从机关里走回家来，常说
道，她很疲倦了。她说她已厌恶了经常的奋斗，想好好地休息一下，过
着自己的生活。

"我简直被无涯际的人海的波流弄得疲倦了，我想完完全全地只同
你一个人在一块儿啊。"

有一次谢尔格将两个朋友引到家里来。柳德米娜没有在家。他买了
啤酒，大家便喝着谈起话来。他们没有用菜碟，随将下酒的小菜放在纸
上，由此便生出事来。

在这时柳德米娜回来了。她因为要列席一个什么会议，延迟了三
点钟。

"我们在这儿吃东西呢。"当她听见生人的声音，在门外迟疑着不进来的当儿，谢尔格这样向她喊着说。

她具着一副疲倦的面容走了进来，两眼首先注意到他们是怎样地在吃东西：没有碟子，也没有叉，也没有揩手巾，也没有桌毯，啤酒洒满桌子……她很不高兴地向大家问了一声好，便走进别一个房间去了。

大家弄得兴味索然。话音也低降下来了。后来大家轻轻地叽咕着，如同房中有一个病人躺着似的。

实在说来，妻从机关里疲倦了归来，而家里却弄得乌烟瘴气，丈夫也完全不注意到她的心境，真是要更她烦恼了。

谢尔格的两位朋友坐着、坐着，而总不见着女主人出来，便立起身来，向局促不安的主人辞了别，兴味索然地走了。

他们走了之后，她说她焦急地走回家来，一心只想与谢尔格在一块儿休息一下，因为她被人们弄得头昏目眩了，却不料回到家里，乱七八糟地弄得一塌糊涂，啤酒，烟雾，唉，只有天晓得！

从这时起，如果朋友们之中谁个走向谢尔格家里来，当柳德米娜在家里而且走进自己房间不出来的时候，谢尔格觉得不知为什么他的话音降落了，微笑得也不自然，只焦急地等待着一件事情：这位亲爱的朋友赶快走开吧！如果有谁个走来，没有穿着套鞋，将适才洗净的地板弄污秽了，那可是更糟糕了。

最好在别的那一个友人家里聚会，在那里不需要揩手巾，不需要什么一切的礼节，可以放着喉咙尽量地高叫。如果谁个有了手琴，那就更热闹了。

# 二二

　　谢尔格记得，他那时是在两个完全不同的世界中生活着：家庭的生活是这一样，而在工作中的生活是完全另外一样。

　　这两个世界是互相仇视的。这一个要求消灭那一个。到底应当偏向于哪一个呢?

　　在实质上，家庭的生活走向他那在乡间的家庭所过的生活之路。柳德米娜总是企图着，如何才能将他俩的生活同别人分开，如何他俩的生活才能过得好些。近来她只对于与他俩有密切的关系的事物发生兴趣。

　　在革命期间，那时是需要为着生活的权利而努力奋斗的，柳德米娜的思想曾为之向前提动了一下，可是现在这种需要已经经过了，她有了丈夫，有了家庭，于是她的思想便又停顿住了。她的精力降落下来了。一切遥远的社会的事物，对于她停止了兴趣，而且使她疲惫了。她生怕与人群发生接触。她的女子的本性似乎做了为她担当不起的事情，可是一到了可能的范围内，便显示出了自己的弱点，走回到旧有的习惯的路。

当谢尔格去往俱乐部或编辑部工作的时候，那他便落到另一个世界里，在这里的一切和他的家庭的生活相敌对着。

如果在家庭的生活里，一切都倾向于关闭，与其余的世界隔离，那么在这里却恰恰相反，大家到这里来，是为着要与大众混合，执行大众的工作。

如果在家庭里仅仅是存着个人的利益，那么在这里的利益却是公众的。如果在家庭里，金钱与财产开始渐渐地占领了巨大的意义，那么在这里，个人的财产却没有任何的意义，尤其是在俱乐部里：大家利用着公众的设备，谁个也不能据为私有。

在家庭里最贵重的东西，是他的爱情能够倾注在一个人身上，他的灵魂无限制地属于一个人的私有。柳德米娜视此为无上的神秘，两个灵魂混而为一。但是在这里，最贵重的是在于他不为着哪一个人，而是为着大众生活着。

俱乐部已经变成坚固的组织了。建造的时期终结了。当他们建造它的时候，每一个有一定的一部分的工作。当一切都做好了的时候，俱乐部成为一个普通的俱乐部，里边设了许多研究会——体育会、棋会，以及文学会等等。当孩子们在自己的手中完成了一切工作之后，谢尔格见到他们的生活有点儿改变。现在显现出一种什么别的情绪来：大家已经不再做事情，而宛如被各种小研究会引诱了似的。事情没有了，便觉得寂寞起来，研究会日渐人数稀少起来，会议时也很少有人到，积极活动的只剩下密莎、柳芭莎——一个白皮肤的剪着发的姑娘，及大家称为"哲学家"的三个人而已。

其余的走到俱乐部来，坐下来连帽子也不脱去，无论谢尔格如何教导他们，但他们总是吸着烟，不守规矩。

谢尔格不知如何做法，才能鼓起青年们的本能，从事于事业的创作。俱乐部变成了一个消闲的机关，不能使人们发展起来，而不过是大家在里边消闲而已。

在这时期，青年们从国内战争遗留下来很强旺的精力，为着运用他们这种精力，要求一种什么巨大的不间断的奋斗。一部分青年的确执行了艰苦的工作，他们忽而由工厂走向党的支部，忽而接着又走入职工会的地方委员会，什么大会，什么临时会议……真是劳碌个不休。但是其余的一部分青年，对于工作却冷淡起来了。

发现了情绪颓废的现象。有些人走到俱乐部来，静默地坐着，看着别人下棋，或在走廊里踱来踱去，不与别人说话。有几个走进俱乐部来，居然是醉鬼的样子。这些人之中，有许多性情是很平静的。

当向他们问道，为什么他们醉得这种样子，那他们便回答道：

"哎，反正是一样啊……"

在俱乐部里特别地发现了一小群，他们时常故意地捣乱：在音乐会的时候，他们将电灯灭过了；进俱乐部大厅的时候，他们总是穿着外套与套鞋，故意地要掀起风浪来；当演剧的时候，他们总是高声地说着话或者将椅子的脚弄得动摇，使人们坐下时跌将下来……

这一小群的健将是金黄色头发的拉波达，他是一个健壮的孩子，帽子总是戴在脑壳后边，就是冬天在街上走路，领子也是不扣的。

拉波达是一个妄自尊大的孩子，但是他什么也不会做，因此大家对于他的意见，便是他是一个不中用的人。他似乎要为着这个报复似的："如果你们以为我是这样，那我就使你们知道知道吧！"

有一次在拉波达及其党羽捣乱之后，俱乐部干事曾召集一次会议，讨论反对这班捣乱派的方法。是这么一回事情：在前一天晚上，在俱乐部的花园里，做了一个小小的跑冰场，谁个将石像的鼻子与手弄坏了，而在池边立着的两个石造的飞兽，被扭转来头对着头，口里叼着纸烟，相互地望着。

谢尔格在会议上声明，他以为应使用最严厉的手段，制止这种捣乱的行为，永远取消这种捣乱分子，使之不再作怪。

大家都向拉波达瞟看着。他坐在那儿，将腿长长地伸着，歪戴着帽子，老吸着纸烟，在那里暗笑。

柳芭莎坐在主席团的中间（她是《劳动月刊》编辑部的书记），咬着嘴唇，很愤慨地向拉波达望着。

"我提议选举出一个特别委员会来，这个委员会的主脑应是一个极有毅力的人，如此才能执行这个艰难而又重要的任务。"

"选举密斯特江吧！"谁个叫了这么一句。

"我以为拉波达是可以胜任的。"谢尔格说，不注意适才的提议。大家都惊异地抬起头来。

"什么？选举谁个呀？"响动着惊异的声音。

谢尔格笑着将自己的提议重远了一遍。

"哲学家"正一正自己的眼镜，摸摸鼻孔，说道：

"倘若按着心理学这样做下吧，那我们也并不反对，不过这是没有效果的。"

大家依旧很有兴趣地向拉波达瞟看着。

拉波达不知所措地微笑了一下，把此提议当作讥讽，不知如何回答才好。后来他看见大家是郑重其事的样子，便笑着说道：

"好吧，我们且看着吧。"

大家一齐立起身来，拍着拉波达的肩背，说着笑着。从前他弄得人们鸡犬不宁，现在他做了会长了，大概大家见着他就要逃跑吧。

密斯特江提议到他家里去欢点儿啤酒，顺便讨论点儿事情。但是在此时有人打电话与谢尔格。柳德米娜问他什么时候回家，并说她一个人坐在家里，什么地方也不能去；白赫没有工夫陪她，她一个人是从来不到什么地方去的。

谢尔格从电话机转身回来，向大家说道，他不能一同到密斯特江的家里去，因为他一定要回家……家里有一件很重要的事情。

"你的家里一年到头总是有着什么很重要的事情，"孩子们说道，"跑出来一点钟，便又急于转回家去。"

二三

　　谢尔格记得，在这一次同志们指出"他无论什么时候都急于回家"之后，他对于自己初次起了抱愧的感觉。

　　越是他的家庭生活好些，越是柳德米娜满意于他对于她的爱情，那他便越觉得自己的罪过。

　　普通总是自然地想到，你的亲近的人越爱你，那他在你的路上便越帮助你。

　　但是事实与这相反。

　　谢尔格起了抱愧的感觉之后，便决意将自己生活的缰绳把持得紧紧的。他曾有一个规则，就是当他一个人住着的时期，每天在上工之前，必读一点儿大思想家的著作，为着要使他天赋的本性能够时常得到向前活动的机会。他曾将要读的几百种的书名写在纸簿上。在他内心里所生长起来的思想，似乎从中央放出许多枝的光芒，日渐照射着新的领域，而同时这个自己的中央仍然毫不失去。现在呢，他完全抛弃了这个，仅仅限于读报了。他决定饭前或饭后读报，而其余的时间都放到工作上去。

有一次来家，他向桌子坐下，将报纸展开，一面吃汤，一面读起采。

柳德米娜停着不食，将调羹放下，静默地向谢尔格望着，等他什么时候举起眼来望她。谢尔格只顾读报，没有觉察到这个。那时柳德米娜向他说道：

"难道说你没有别的时间读报吗？你整日地工作，我也是一样。我们只在吃中饭的时候才看见，而你，你却读着报。第一这是很没礼貌，已经不用说到……"

她咬着嘴唇，如咽着泪似的。

"我最怕的是那件事情，"她继续说道，"就是我们的关系最后变成为普通的关系。我们的关系会成为淡而无味的、市侩的同居：丈夫在吃饭时读着报纸，夜里到家里就寝，只因为这是他的家里。在初同居的辰光，他抱着满怀的爱情急于走回家来，可是后来便改了样子。这真是为我所最怕的事情啊！"

"但是我没有多余的时间。"射尔格说着。觉得在这种读报的小事情上，他都不能随自己的意向，不禁忽然对她生了很大的恶感。"我近来对于自己，差不多什么都没做呵。"他说着这话，眼中冒着火星。

"因为什么呢？"柳德米娜问。

"因为当你在家里的时候，我是不能工作的……"

柳德米娜望了他很久，后采面孔惨白起来，轻轻地说道：

"我第二次听到这话了，这是说我当真地妨碍你……"

从此以后，当他坐下工作的时候，她便走出门去了。但是谢尔格知道，她是如无家可归的样子在街上流浪着，为着不要打断他的工作。她流浪着、流浪着，等待相当的时间才转回家来。这弄得更糟糕了。当妻忍受着风寒在街巷间徘徊着，他能平静地去静心思考吗？

谢尔格与柳德米娜同居的期间，他一个人留在家中时，是从没过一点钟的。这件事情特别地感动柳德米娜。她时常荣幸地向叶林娜说，如果不算在机关上办公的时间，那她与谢尔格共同生活的期间，是没有一分钟离开过的。她并且说，她完全没设想到，如果谢尔格走出去时，她将怎样地一个人坐守在家里。

如果这种话在谢尔格在座的时候说，谢尔格觉得自己为着他们两个人感情的缘故，应表示赞同柳德米娜的意见。但是在另一方面，如果他有说出他的实在的感觉的勇气，那他就应说出与柳德米娜相反的话。因为他俩无时无地不在一块儿，他便开始感受到一种不愉快的刺激。因此，他所过的生活不是他应当过的生活，这种与柳德米娜共同的生活，将他个人的生活弄得完全停顿了。

最坏的是，不能向她说出那对于她是最可怕的实情。那实情就是他俩经常在一块儿生活，对于她是无上的幸福，对于他却是很大的不幸福。

这怎样能说出呢？

他大部分总想独自留在家里，或独自闲散，而不要与柳德米娜在一起。但是他不能做到这个。除此而外，他还应当说，没有她那他是很寂寞的，他不能独自一个人坐在家里。他说这些话，是由于他要避免一些长时间的谈话，关于什么爱情低落等等。这种谈话一开始起来，便至少要耗费两点钟的时间，若遇着她流起泪来的时候，那便要三个钟头。因此，顶好说一些与事实不相符合的话，免得闹出意外的风波来。

后来她时常苦恼着说，谢尔格在自己工作中过着一种什么很遥远的生活，而她却不能侵入进去……

谢尔格记得，那已经是春天到了的光景，青年们做着划船的游戏。柳德米娜要求谢尔格带她一同去。但是当大家都聚集于岸上，开始推着、笑着、叫着，跳下了划船的时候，柳德米娜忽然感觉到自己被这些叫喊震动得昏眩了，对于这些乱叫乱跳的孩子起了恐惧。她离开人们很远地坐着，眼见得喧闹的声音将她吓住了，而且总是怕划船莫不要落到水底去。谢尔格忽然觉得她老相起来，不禁起了一种厌恶的心情。而且他觉得她总是到处不能合群，连很简单的有趣的样子都不能做到，还要人帮助她。他不知为什么在同志们的面前羞赧起来了：他很不好意思帮助她，向她递手过去。他做着这个，是具着惊颤与苦闷的心情。

但是同时谢尔格很快地觉察到了，就是他由于要避免风波才诸事服从她的意思，不觉在很多的地方，领会到了她的观点与品味。例如：谢尔格喜欢置身于那人数众多，或工作紧张，或热闹拥挤的地方；而柳德米娜却厌恶这些，她说她忍受不了这些人堆。谢尔格一遇着节期，便喜欢走入城中人数众多的地方；而柳德米娜却喜欢走出郊外，那里没有别人，好两个人单独地在一起。

谢尔格有时捉住了自己，当他说道：

"我们到麻雀山那儿去玩玩吧，在这些天，那儿是没有人的。"

他说着这话的神气，就同他自己也厌烦人群的样子。

同志们之中有一个总是要在光洁的地板上留下污秽的靴迹的，谢尔格曾为他害起羞来。为着要避免这种现象的重复，他有一天拿了一块小地毯，预备铺在门前，可是在这时候，从隔壁的房内走出来了彼得鲁亨，也是拿着小地毯预备铺在门前的。两个人你看看我，我看看你，并看看各人手中的小地毯，不知因为什么，大家红了脸，各自转到自己的房内，而那小地毯也就这样地没有铺上。

有时候朋友们来看谢尔格，却遇着正不是时候：柳德米娜决定在这一晚上到戏院去，而他们如同故意的样子，偏偏坐着老不走。或者她决定好好地两个人坐在一起谈谈，而他们却老坐着，扰乱了柳德米娜的心情。

"我的天哪，这些人为什么这样东走西撞的啊！他们把一整个的晚间都夺去了。而我是这样想到戏院去！近来这些时我们简直没曾在一块儿过呢。"（如果遇见一件什么为柳德米娜不高兴的事实，那她总是时常概括地说道："在近来这些时……"）

从这时起，谢尔格完全停止邀请朋友们到自己家里来了。他自己也渐渐稀少地走向别人家里去。将她带到那一种环境里，在那里在光桌子上饮着啤酒，热闹地拉着手琴，这是不可能的事情。如果不带她去，这是要使她生气，引起她的猜疑的：她曾以为他乐于一个人去开心，而不把她放在心里。

于是结果是：他愈向与她融合的方向走去，那他和她一起便离开其余的世界愈远，这其余的世界似乎成为一种什么障碍的、不需要的东西了。

除此而外，谢尔格又觉察到，就是当他敬佩哪一个人——不是女人而是男人的时候，那柳德米娜总是要变为苦愁的样子，极力想减低谢尔格这种敬佩的情绪。她从来没夸赞过哪一个漂亮的女人。如果谢尔格说起哪一个他们共同认识的女人，那她总是沉默着不语，或即刻寻出她的缺点来。

一般不漂亮的女人，什么兴趣也引不起的女人，却能利用着柳德米娜的特别的同情，她总是要寻找到她们身上的优点来。

如果在起初相遇的时期，与这种精细的、有教化的、神秘的、不可侵犯的女人的接触，会使得他的感觉敏锐而丰富起来，那么现在这种情状却停止住了，因为在她的身上所存在的依旧是从前的那些，而没有什么新的增长。

于是谢尔格不禁向自己提出一个问题：

"哪一种倾向好些呢：现代的两性间的关系之简单化，从这其间消除一些什么诗意和罗曼蒂克，还是栽培着理想的恋爱，使得家庭巩固起来？"

他又向自己提出关于其他同志们的问题：他们已有了妻室了，但是他们是不是还照从前没有妻室的时候一样，依旧是那样坚苦耐劳呢？

大家都称赞他们，说他们成了模范的丈夫与父亲。但是对于我们的时代，这一种现象是肯定的吗？它在人的活动上增加了一点儿什么，抑或是恰恰相反，它将人的活动减少了呢？

被革命所提出来的儿童公育，这是不是那想将小家庭的负担取消而成为大家庭的一员的个性的自然要求呢？欲达此目的，一个人应照着新的样子重生起来，要做一个大音乐队中的某一个乐器，而不应做一个哑然无声的木块。

然而柳德米娜要实现自己的牺牲自我的、伟大的爱情，那种为许多世纪的诗人所歌颂的爱情，正趋向相反的路：她企图消灭自己的真正的天赋的个性，她想将自己的个性融合到她亲爱的人的身上。但是由于这个融合，他却不能向前活动，也就如普通两个捆在一块儿的人不能活动一样。她想着，她为着自己的爱情，抛弃了自己的特殊的生活，实赠予了他以无上的礼物，但是同时她不知道，她的确是在向他窃取宝贵的东西啊。

谢尔格试想留下自己一定的时间，但是到底需要多少时间呢？怎样能度量这个？

他看见了，他的生命，除开社会的订单而外，还有自己的天赋的订单，它不能与谁个的生命融合起来，它应当融合于全世界的生命，而不能囿于一个人。

同时，若他的生命同谁个的融合起来，这就是说明他的生命已经停顿了、消灭了。如果继续维持着那旧的男女两性间的关系的实质，那将要弄成什么样的结果呢？

那结果是：最亲近的、最爱你的人形成你的一个最有力量的障碍物，使你不能走向新生活的建设。但是走向新生活的建设，这是人的历史的任务啊。

他形成最危险的障碍物，是因为你不能同他奋斗，他用自己的爱情将你解除武装了。在事实上，在亲密的初期，你与一个爱你比爱他自己还要甚些的人生活在一起，你有力量能够向他说"离开我吧，你妨碍我走我自己所应走的路……"这一类残酷的话吗？

但是谢尔格应当说出这个！他将来也是一定会说出来的。

在这一种心境之下，有一天走回家来，在自己的写字台上，他找到了柳德米娜留下的一封信。她写道：

"我的宝贝啊！我出去了，为着不妨碍你工作。我过两点钟回来。两个钟头对于你够吗？让我一个人寂寞地、孤单地、寒冷地在街巷间流浪着。但是那一种思想温暖着我，就是我因此或者可以得到你的一点儿余剩的爱情。如此我更可以感觉到我对于你的爱情是高尚的、非常的、无计较的，不具着任何私念的。本来在实际上，我的亲爱的，我有什么可以计较的呢？我能有什么私念呢？我有的只是对于你的一种无涯际的、不可比拟的爱情。我只是幻想着那大概是永不会实现的幸福，那就是我能将我自己充满着你的生命，使我的灵魂对于你比世界上什么都需要些。

为着这个缘故，我情愿忍受一切，忍受这街巷间的孤寂的彷徨。等待你什么时候完了工作，我可以回来。我可以忍受一切，我的亲爱的！

为着这个缘故，我对于任何人都是不可侵犯的，以至于对于那爱我如我爱你一样的人们……但是我想仅仅望着你一个人，我的肉体以至于思想，除你而外，不属于任何人。我的亲爱的，我对于你的爱情是这样深厚，这不是我的罪过啊。它这样深厚，是因为它是我的生命，它是我生活的目的，它是我的生活之最高的意义。

你好好地工作吧，不要念及我一个人在街上受寒啊。我已经被'我爱你'那一种在我内心里燃烧着的光所温暖了。"

谢尔格将这封信拿在手里，立在桌子面前很久，两眼盯着不动。

# 二四

　　第二天一定要到叶林娜家里去，因为这一天是她的生日。

　　柳德米娜从七点钟起就开始穿衣。谢尔格老早就装束好了，坐着一边读书，一边等待她，而她却请他帮助洗脸、打水，又请他代扣自己衣后边的扣子。这些扣子对于谢尔格简直是一种惩罚，他用他那不漂亮的大指甲，无论如何不能将它们扣上。而柳德米娜却开始生起气来，越弄越不对劲。后来装束好了，她立在镜子面前很久，或振一振肩，或理理衣角，使不至于有什么褶皱。

　　谢尔格知道她等他开口夸奖她，说她年纪轻了许多，穿着这件衣服很合适。他自己也看见了，她那金黄色的如波纹一般的柔发，那白白的玉手，那闪着光的眼睛，形成她的确是一个很漂亮的女人。他知道若是白赫见了，一定是要夸奖的。但是当他感觉到她是在等他夸奖时，他的语句却总说不出来，于是他觉得他的夸奖，为这种等待所逼出来的夸奖，是很做作而不自然的。

　　谢尔格觉察到这一种仔细，这一种赴宴——在那里，照她的规定，聚集的是人们，而不是人堆——的事情，开展了她的情绪，而她对于他的那种细腻的、精神上的、爱情的感觉，也因之降落了；而她当没看见别人时的那种对于他的无限的柔情，至此也改变了。她的爱情蒙上了散文的帷幕，而那种"精神的"阴影消散了。

现在也是如此。谢尔格穿上了大衣。柳德米娜看一看谢尔格，说道：

"你一直到现在还没弄成习惯啊。你应当先将我穿好，然后你自己穿衣服才对呢。"

她先前固然时常教导谢尔格遵守礼貌，但是每逢他们到相识的人们那里去时，柳德米娜更加注意到这一层。

谢尔格先前听见她这些话时，觉得很新鲜，但是现在觉得一种讨厌在内心里不禁起了一种反贵族派的抗议。上帝保佑，现在贵族的派头已经没有存留的余地了，我们现在生活在无产阶级的，而不是在老爷们的国度里。

"你看，你又先跑到门前了！"柳德米娜说，"你今天是怎么一回事，我的亲爱的？停一下，应当向董娘说，我们要出门去啊。"

她走向董娘那里去，同她说了很多的话，给了她许多命令，而谢尔格却开始不耐烦起来。他想即刻就走，本来已经提动脚步了，而现在却又立在街上等候着。大概要等候很久，因为柳德米娜时常向董娘说些什么。

试问，她为什么不能先向董娘说好，而要到现在呢？他在等候的时间，是可以读一两页书的啊。有时她从半路里还跑回转来，说她忘记了什么没有向董娘说。唉！真是……

谢尔格第一次参与这种人客很多的宴会。因此，或者因为别的缘故，柳德米娜老是看向他，为他理理领子，或者为他正正帽子，这的确羞辱了谢尔格，虽然他也不知道为什么柳德米娜的行动会使他感觉到羞辱。

在叶林娜的家里聚会着的完全是办差事的知识阶级、优伶、画家。她的生活完全靠着那将她抛开了的丈夫所给予的金钱，及她在一个博物馆内所领得的薪水。

当谢尔格与柳德米娜走进的时候，穿着深蓝色长衣、两膀露在外边的叶林娜，在前房里迎接着他们。

她以极迅速的动作将柳德米娜的头颈搂将起来，很响地吻着她，说道：

"啊，你看看我们今天啊！"

然后她与谢尔格握了手，便将他们引到第一间房子来，那里放着一张长桌子，上边铺着很新的宽大的白毯，向一些宾客们叫道：

"请你们注意这一对稀有的夫妻——他们简直一分钟都不能离开！如果这一个人迟回来半小时，那么别一个人便要跑遍全城……"

"而且电话铃的声响将一切相识的朋友们都弄得厌烦了呢。"柳德米娜插着说，微笑着望着叶林娜。

虽然此地聚集着的是文明的社会，究竟在晚餐以前，大家感觉到有点儿拘束，便围绕着听着谁个说一些政治的故事，以期度过时间。虽然这些故事是为他们所知道的，可是他们佯作第一次才听见的样子。对于新到的人们，大家特别很热闹地欢迎着，好像要借此一点儿热闹提起那期待晚餐的急苦的情绪。

在铺着地毯、摆设得精致的一个大房间里，到处都坐满了，空着的只有那餐桌子周围的椅子。

在一张小圆桌子上，有两个姑娘坐在那里下棋。

她们之中的一个生着黑黑的、很和蔼的小圆面孔，她的口是很小的，牙齿异常细而洁白。当她笑的时候，她的鼻头皱着，很可爱。

她总是输着，然而笑自己不中用，忽而敲打她对手方面的手。对手是一个剪发的女郎，她的头发总是松散着，时时将头向后边摇动。她异常活泼、天真，时常说着俗语使大家发笑。

当有一个男人向她并排坐下时，她只顾下棋，很不高兴地将肩离开，也不回过脸来看他，说道：

"同志，当心一点儿吧，你挤着我了。"

在这一间房内的一切人们之中，仅仅在这两个姑娘的身上，没有使谢尔格感觉到不愉快的东西。

她俩没有审视他，没有观察他，不抱着别人对于他的那种态度。

谢尔格走近她们，黑女郎求他帮助她。当他们胜了的时候，黑女郎很快乐地笑起来，这时她的鼻头又皱着了。

柳德米娜于这时走近他们身边，谢尔格忽然感觉到她与他们三个人比较起来，确是一个年长者的样子，宛然走来的不是他的妻，而是他的女监督。她温存而爱护地微笑着，这并不因为这一种消磨时间的方法对于她是有兴趣的，而是因为谢尔格在这种生疏的社会里，找到了自己的位置。这时她的微笑，益令谢尔格感觉到她是长者的样子了。

"我们今天结一个同盟，"黑女郎望着谢尔格，微笑着说道，"晚餐时我们坐在一块儿。"

"一定的。"谢尔格说着，觉着与这些女郎在一块儿，是很畅快而轻松的。

经过十分钟的光景，大家开始向桌子坐下来了。

"爱玛，我们坐在此地吧。"黑女郎说着，跑到靠着书橱的那个桌拐角上去。

谢尔格便与她们一块儿坐下了。柳德米娜从别一间房子走将进来，用两眼寻找谢尔格，为着要与他坐在一块儿。可是看见他与姑娘们坐在一块儿时，而且她们向他很高兴地说笑着，柳德米娜忽然红起脸来，走向窗口去。

"柳德米娜，你在什么地方呀！"叶林娜说着，走进房内。"你自然同丈夫坐在一块儿吧？"她补充说，扶着一把空椅子的靠背，这张椅子是她留下给谁个与她坐在一块儿的。

"不，不啊！"柳德米娜急促地转过身来，回答道，"这样我们很快地就要相互讨厌起来了呢。"

谢尔格在叶林娜喊叫的当儿，一秒钟间不知所措起来，不晓得如何办才好，但听见了柳德米娜的很平静的声音，即刻放下心来，依然留着与苏娘和爱玛坐在一块儿。

在这时白赫走进来了，他的头略向后边仰着，具着一种不可思议的老爷派的神情，这种神情只有很得意的人才能表现出来。他问了叶林娜安，同时说了一句什么笑话，慢慢地吻了她的手，将一包糖果放到钢琴的盖子上。后来转过脸来，即刻看见了柳德米娜。他的面容失去了一切的平静。他似乎除开她，什么人也没看见，整个的注意力都集中到她的身上，眼见得他并不怕将这种神情使得别人觉察到，或者他这时什么都没想念到，想念到的只有他看见的这个为他所爱的女人。

谢尔格时常觉得，这嫉妒的感觉不是为他所应有的，尤其是对于柳德米娜的关系，她不但不给予令他可以嫉妒的口实，而且恰恰相反，她太过于将自己的爱情充满着他了。他觉得，如果她能少念到他，给他以自由，那他将很快乐起来，但是他记得这位先生似乎毫不注意到他的存在的意义，这实在是令他感觉不快的事情。

柳德米娜已经不再向谢尔格望了。她感觉到自己的力量，很平静地微笑着，立在白赫的面前，听他用卑屈的声调所说的一些话，他的态度就同低级人对待高级人似的。

"我想同老相识的人坐在一块儿。"说着这话，柳德米娜仿佛不注意到叶林娜期待的神情，叶林娜这时依旧扶着那把空椅子的靠背，表现着期待的神情。

在柳德米娜的脸上、口边，忽然呈现出一种为谢尔格所不认识的坚执的、残酷的皱纹。她看见了立在那儿期待着的叶林娜，但是说着自己的这一句话时，没有瞟看她。

白赫惊异地瞟了柳德米娜一眼，他的面容即刻光彩起来了。他急忙地将柳德米娜安下座来，与她坐在一块儿。

叶林娜眯着眼向柳德米娜望了几秒钟，后来忙着招待客人，也就不向她说什么话了。

白赫很活跃地、朗声地同柳德米娜谈了一些什么话，但是同时有时他的面容呈现着恳求的、胆怯的神情。

柳德米娜一边使动着叉子，一边听着他的说话，在她的口唇上流动着笑痕，但是她时常轻轻地、难以令人看出地、否定地摇着头。当白赫将自己的酒杯送到她的酒杯边，为着要与她的酒杯碰一下的时候，她举起了眼睛，在眼睛中闪动着兴奋的光芒，在她的两腮上泛起了兴奋的红潮。她似乎完全为她的同座人所占有了。但是时常她的眼睛一秒间失去活跃的神气，很惊怔地射到谢尔格的身上。停一会儿，她即刻将眼睛挪开，很光彩地与白赫的眼睛相遇，她的口唇上又流动着笑痕，那是很轻柔的笑痕，然而又似拒绝什么一样。

"我想为着那不可能的事情痛饮一杯呢。"白赫说。

于是谢尔格看见了，柳德米娜是怎样地向白赫举起眼睛，两唇微微笑动了一下，向他看了看，说道：

"而我痛饮一杯，是为着那对于你是可能的事情呢……你的椅子是已经预备好的了。"

她不向那叶林娜坐的地方望着，只向那方向略动一动眉毛，继续很狡狯地望着白赫微笑。

白赫红了脸，生了气似的耸一耸肩。

柳德米娜放下自己的酒杯，将手放到白赫的手上，仿佛要消释自己的恶毒的笑话。白赫吻了她的手，他的神情就同奴隶吻着那打了他的主人的手一个样子。

然而柳德米娜深深地叹了一口气，她的眼光一秒间移到远处去了。她又奇怪地、沉思地向白赫瞟了一眼，忽然战抖了一下，用着活泼的、高朗的声调向叶林娜说道：

"我们在这里祝你康健呢。"

此刻大家没弄清楚,一齐立起身来,庆祝叶林娜新生,开始与她碰起杯来。有几个匆忙地将自己的酒杯次干,为着要与大家联合起来。

大家的声音越加响亮,越加热闹起来,而白赫与柳德米娜谈话的声音却越加低小。他们似乎一刻间把其余的人们都忘记了。如果先前她含着很狡狯的微笑听着他,那她这时的面容却严肃而惨白起来了,仅仅她的两只眼睛完全变成黑莹莹的了,闪耀着异常的光彩。她听着,低下头来,用手抚摩着绒的桌毯,腮庞上时隐时现着两朵红晕。有时她做出一种惊慌的,同时又是胆怯的动作,宛如她哀求他不要说他所说的话。当他的眼睛勇敢地望着她,似乎说他可以死,然而他一定还是要说下去,她便低下眼睛,更兴奋地将毯的绒穗子摩弄着。

谢尔格从来没看见过她曾有过如现在这般的美丽。

仅仅偶尔,似乎毫不经意的样子,柳德米娜向谢尔格坐着的那方向瞄了几眼。

"我没有权利,而且也不愿意听见你向我所说的一些话。"柳德米娜轻轻地这样说,看着摩弄绒穗子的自己的手。

"不,今天你有这种权利。"白赫很肯定地回答她,略向谢尔格的方向望了一下。

柳德米娜更将自己的头俯下了。

在晚餐的中间,当普遍的谈话开始时,这一个人向隔着桌子的那个人叫着,而那个人听不见,这些牛头不对马嘴的话,于是大家便都哄然大笑起来。

谢尔格因为受了饮了一点儿酒的影响,便也感觉到高兴与自由起来。他与爱玛和苏娘碰了杯,也向隔着桌子坐着的男人们和女人们叫起来。他伸起手来与他们碰杯,可是袖口带翻了酒瓶,将酒流到了桌毯上,发生了惊扰。柳德米娜向他丢着惊怔的眼光,脸为之红了起来。

晚餐以后,谢尔格又与女郎们同向长靠椅上坐下。苏娘说话用着很可笑的声调，令他们每一分钟都发笑。在这一种情绪之下，他们无不可笑，因为感觉到异常的自由及同志们间的纯洁的关系。

柳德米娜走近他们，略将白赫放下一分钟的辰光，带着平静的微笑，仅仅有一点儿眯着眼睛，第一次在人们面前很客气地向谢尔格说：

"你们似乎很高兴吧？……"

"是的，我们很高兴呢。"谢尔格很爽直地说，瞟着自己的女伴，可是这两位姑娘不知为什么于这时将微笑停止了。

"那么，我很为你欢喜呢。"柳德米娜说了这话，便走向白赫那里去了。

但是她忽然神经烦躁起来，最后向大家辞别。

"我们的同盟似乎是很顺利的呢。"谢尔格说。

"啊，真是很顺利的！"爱玛赶着说，"不过要使我们的同盟不要破坏了才好呢。"

"我相信这是不会的啊。"谢尔格说，没有看见走近他身边的柳德米娜。

她在他的身旁立了一些时，似乎要等他什么时候将话说完，好向她望一望，但是没等得及，便说道：

"大概我们可以回家去吧……如果这件事情不至于使你们不愉快。"她向爱玛与苏娘加说着这句话，露着很不自然的微笑。

# 二五

　　宾客中谁个也没有走。谢尔格与柳德米娜顶早地就告辞了。谢尔格不禁又发生反对柳德米娜如一女监督的心情。她什么时候带着他及带着他到什么地方去，这都任凭她的心愿，而他迫不得已要服从她。事实上，他实想再与这些可爱的女郎们多多地坐一会儿。

　　叶林娜与白赫走出房间送他们。叶林娜看见柳德米娜穿衣，特别同情地为她扶正那短皮袍的围领。白赫立在门边，盯视着柳德米娜，似乎期待着她的眼光。她没有向他望，只当走出门来，回头向叶林娜辞别的辰光，很快地瞟了他一眼，而他也就即刻很快乐地将这一眼捉住了。

　　柳德米娜与谢尔格走到街心，雇了马车。

　　柳德米娜坐着不语，向与谢尔格相反的方向望着。他觉得他有一种不满意柳德米娜的根据，就是她先把他拉将出来，这实在是为他所不情愿的，然而他终于没向柳德米娜说出。但是很快地他就觉察到了，柳德米娜沉默着久不言语，这是表明她有什么事情是不满意于他的。

　　"你为什么老不说话呢?"他问。

没有回答。

"你到底是怎样一回事?"他再问一次,想将他的女人的面孔转过来。

但是她用力量挺着颈子,更将头扭转过去一点儿。停一会儿,她苦笑着说道:

"而你不晓得我为什么不说话吗?"

"不晓得……"

柳德米娜沉默了几分钟,后来勉强地说道:

"从没有过一个男人这样侮辱我!……"

"怎么一回事呢?"谢尔格不解地问她。

"我一切时间都觉得自己是一个被唾弃的人。我今天是落到这样愚蠢的、难堪的情状里!"她忽然苦笑着说道,"我总是向大家说我们的爱情是如何深厚,我们是如何连一分钟都不能分离,不料他(指谢尔格——译者)忽然第一次看见了女孩子……便……便拜倒于她们的裙下!"她气恨地说着这话,想努力使用一种最侮辱的话头。

"你什么时候曾向我说过,你不能忍受一切鄙俗的东西。"谢尔格说着,忽然觉得起了一种恶狠的愿望,要向她说出最残酷的、最狠毒的话。

"我此刻是具着这样的心境,不能寻出很礼貌的语句来。"

在她的话语里感觉到一种真正的气恨。"她还向我时常诉说自己的爱情,你看,这是怎样的爱情啊!她此刻已经仇恨我了。这是表明她的爱情都是虚假的吧?……"谢尔格想。

于是在他的心里也对她起了同样的仇恨。

"你不能说低一点儿,免得马车夫可以听见吗?……"谢尔格说着这话,表面上用着很平静的口气,同时在他的内心里却沸腾着不可忍耐的愤懑。

"啊哈,你会在马车夫面前害羞,可是在大庭广众间,在我的朋友的眼中，你公然地唾弃我，那时你倒不害羞呢。而在他们之中有着这一类的人，在他们的面前，我是更不愿落到这一种情状之中的啊。如果我对于你是这样没有趣味，那你为着面子也应当向我走近一下啊。我是怎样地高兴听见这些人们——我在他们面前自豪的人们——对于我的同情……因为我想到有一个人，对于这一个人我贵重于一切，比什么都需要……"

"你从谁个听见这些'同情'呢？"谢尔格很讥讽地问。

"这不关你的事。"

沉默了一分钟。后来，柳德米娜宛如忍不住在内心里沸腾着的愤懑与羞辱，又继续用新的力量说道：

"试想一想，这一种态度——在第一年，在同居生活的前几个月！"她说着，昂起手套中的指头，"这样地践踏着，这样地讥笑着我心灵上所具着的东西！而他，"她又苦笑地这样说着，宛然面向着第三个什么人，"而他，不料这对于他是一点儿用处都没有的。对于他有兴趣，只是那随地所遇着的女人，他同她将你在大庭广众的面前放到最羞辱的状态，并且还如同天真烂漫的样子问道：'到底是怎么一回事，为什么你不说话呢？'"

谢尔格决意沉默地坐着，不回答她一句话，并且略微挪动了，为着自己的肩膀不与她的挨靠着。但是他的意识很剧烈地工作起来，想找出这个女子身上的缺点来。于是他记起来，她曾向他写道，她为着他忍受风寒，便暗暗向自己问道："为什么她不能走向叶林娜那里去坐一坐呢？为什么她一定要忍受风寒？这是表明她要借此感动他的感情，使他计算到这个。这真是真正的利己的爱情呢。"

柳德米娜没有觉察到谢尔格将身子挪开了，仍同前一样气躁地说道：

"仅仅不久才发生一回事情，我曾想，这是偶然的现象（她指着那一次谢尔格向她说的'她在跟前，他不能工作'的事情）……"

"那是一回什么事情呢?"谢尔格不耐烦地问她。

他忽然感觉到他异常仇恨这个女人。她用自己高尚的感情,对于他是毫无用处的感情,将他的手足却束缚起来了。在实际上,他是一个成人,不论到什么地方去,总免不了要向她说到什么地方去或什么时候回来。他每一次都要向她报告:同谁遇着了,说一些什么话。他要为她时常留下字条,表示爱情。这时他忽然觉得,他对于她从没有过爱情,不过是为她所迷惑着了:这样一个漂亮的、温柔的、文明的女人,对于别人是不可侵犯的,而独能垂青于他,这实是令他迷惑着的事情。他,一个乡下佬,从没给过这方面生活的这般注意,现在对于她,却真正地说着而且想着这些关系,好像生活中的什么真正宝贵的、高尚的关系一样。由于她,他感受着的一切,也就如每一个知识者所感受着的一样!……

"究竟是一回什么事情呢?"他不耐烦地重问一遍。

但是柳德米娜没有听他,继续说道:

"我不知道,叶林娜和其余的人是怎样地看着我们……哼,实在的,在整个的晚上连一次都没走近自己的妻。"她即刻又苦笑着加说道:"说起来我又是什么妻呢?……我始而等着,继而指示,后来请求离婚,虽然也答应了我,但是到现在还没有离婚……"

"我已经送了声明书去,请不要撒谎吧!"谢尔格很粗暴地说。

"因此我又有什么权利呢?"她继续说着,宛如丝毫没听见谢尔格所说的话,"我完全不过是类似这个爱玛,一个随便遇着的女郎而已。而且那酒瓶里的酒!"眼见得她不能忘却这一晚上详细的情景,"乱喝起来,就同第一次在家里一样,忘记了一切,这简直是不要脸的行为……"

"够了!"谢尔格说着,也是不听她的话,"如果这样还继续下去,那这对于我却是不合适的,我将一切都送到鬼那里去!"

"这是你对着我说的吗?……"

"不是对着你，而是……"

她忽然连一句话也不说，在马车行进中跳下去，倒转方向走去。

"鬼和你一块儿，滚开！"谢尔格暗自说道，仍往前行进着，不向后边瞧看。并且他似乎高兴起来，这一种使他对自己抱愧的生活，现在由于这一次争吵，会自然地完结了。于是在自己的内心里，他并不再次燃着反对柳德米娜的愤恨了。但是后来他起了一种思想，也许她走到为人找不到的地方去，或者因一时的气愤便投起河来。

他付了车费，便跟着走来，依旧感觉有一种大的对于玩把戏的愤恨，以为她无缘无故地使他深夜里跟着她后面跑。

柳德米娜望一望，望见了他在后边跟来，便加快了脚步，使他无论如何追赶不上。最后赶上了，他粗暴地抓住她的袖子，说道：

"你还要玩这种把戏很久吗？我们回家去！"

她夺开自己的手，叫道：

"放下我吧！"

在街上还行走着迟回的行人，他们在要转角的当儿，听到柳德米娜的叫声，停住了脚步。

"怎么，你要在街上撒泼吗？"

"是的，我要，现在我通通都是一样了！"她泪流满面，这样叫着说。谢尔格见着她在这一种情状之下，真是什么事情都可以做出来，投河、自杀，真是在意料中的事。

"那么，我也就相当地对付你吧。"

他紧握着她的肩膀，使她脱身不得，叫道：

"回家去！"

他这样粗暴地叫着，完全如乡下人一样，而且他还想打她一顿。

柳德米娜忽然完全寂静下来了，很服从地跟他走着。

一路中两人毫不言语地走着，相互间充满着愤怒与仇恨。当回到家来，谢尔格居然不帮助她脱衣，不说什么话，便自己脱起衣来，将帽子摔到桌子上，后来在屏风后的床上躺下了。房间中异常寂静。谢尔格直躺着一些时，两手放在头底下。停一会儿，将屏风挪动一下，向房间里望了一望。柳德米娜依旧没有解衣，立在他将她放下的一块地方。她的眼睛不动地盯视着，燃烧着枯燥的光芒。

他重新躺下。但是他即刻听见了，她轻轻地将房门开开，蹑着足向走廊走去。谢尔格，这时只穿着贴身的内衣，一骨碌爬起来，恰在她将要跑到街上的一瞬间赶上了她。他把她拉进屋来，毫不声响地将她的皮袍脱下，摔在床边的椅子上，使她不能再将它拿到手里，重新躺下了。

始而寂静，停一会儿，他听见她急促地、带着气地，将身上的衣服脱下。经过五分钟、十分钟，房中没有一点儿声响。

谢尔格想，如果她愿意一整夜不睡，继续这场滑稽剧，那么这是她的私事。但是后来他觉到从什么地方透进来一股冷气。他立起身来，看见柳德米娜仅穿着一件贴身的内衣，将身伸向着开了的窗口，深深地呼吸着气，为着要故意地冻出病来。

他走近她的身边，很粗暴地将她拉开窗口，说道：

"你老要这样吗？"

她赤着脚立在他的面前，什么也不回答，只用不动的如石一般的眼光向自己身前望着。后来从她的眼睛里接连着流下来大的泪珠，落到她的手和内衣上。

谢尔格知道，如果他不要将这幕戏延长下去，只要走近她，向她告罪，那么一切事便都平静下来了。但是他不能压抑自己的愤怒与自尊心。并且他想，如果如此去做，那他便不能将她抛开，如在路中所决定的一样。但是同时他知道，如果这样继续沉默下去，那实在更令人难受。无论他怎样想将脸向墙壁转去，怎样想不再想及她，可是他终不能够。而且他不自觉地对她生起了怜悯来，她完全露着身体立在这冰冷的地板上。

"没有办法，只得安慰她一下，否则，也不知要弄到什么时候为止。"谢尔格这样想着。"唉，算了吧，去睡觉吧，"他向她说，"如果你不高兴，那我就在长靠椅上睡下吧。"

他将枕头摔到长靠椅上，将柳德米娜拉到床上去。她如死人一般很听从地向床的边沿坐下，依旧用着死的、不动的眼光望着自己的面前，宛如不动的石人一般。

谢尔格向长靠椅躺下，故意地什么都没拿，也没拿盖被，也没拿卧毯，为着也要使她感觉得到，他躺在无任何遮盖的长靠椅上，也并不十分甜蜜呢。

谢尔格不记得，他昏沉地微睡了多少时，忽然醒转来了。但是他即刻又佯作睡熟的样子。柳德米娜立在他的身边，手中拿着盖被，以为他是睡着了，向他望了很久的时候，后来轻轻地，如同婴孩的母亲一样，用盖被将他的身体遮盖起来……

# 二六

　　第二天，谢尔格得知一个人民委员要到一个工厂去，在那里预备苏维埃选举，便利用这个机会，同着这个人民委员一道。

　　当他向柳德米娜说了这件事情，她静听着，毫不言语。她向窗口扭过身去，也就始终在这种情状之下。谢尔格竟未走向前与她辞别，而只从门限那儿说了一声"再会"便走了。

　　他们于晚间到了工厂，略迟延了一点儿，因为汽车夫走过了路线，不得已回转来走了倒路。

　　他们走至工厂的一所大房子，那里院内通通堆积着陈旧的锈铁。谢尔格看见来往的人们，及那为着欢迎人民委员而扎着灯彩的阶沿。无数的年轻的和年老的工人，他们互相拥挤着，满立在那阶沿上。

　　谁个喊了一声："来了！"于是谢尔格便听见了一种很兴奋的好奇心的喧闹。他由此起了两种感觉，这两种感觉很清晰地刻印在他的记忆里：第一种感觉是，这一种高涨的、兴奋的情绪，这一种群众的迫不及待的期望，如同对于他而发着似的。第二种是，他的那一种个人的生活，将精力消耗在一个人身上的生活，由这生活他感受了许多悲剧，这时对于他是异常的微小、异常的无意义。当他看见面前这些无数的眼光，这些迫不及待的、欢迎他们的贵客的情状，他便觉得柳德米娜所给予他的那种高尚的、异常的爱情，若一与他此时的感觉比一比，那真是异常微小而贫乏了。

大厅中满悬着红布制成的旗帜，讲台上摆设着一张红桌子，这一切的布置建造了一种异常壮烈的高涨的情绪。谢尔格看见了周围无数的面孔与眼睛，它们都是异常兴奋而好奇的，要看一看人民委员的真面目，是不是如相片上的一样。

后来无数的许多双脚就坐的声音，主持者对于发问题者之急忙的答话的声音，这一切的景象引起了谢尔格脊背上的神经的颤动，宛如他觉着寒冷似的。

啊，这是那一种伟大的生活，离开这种生活，谢尔格走入自己的小巢，而在那里停止住了。

当他向人民委员望着时，他还有一种奇怪的感觉。这是已经上了年纪的人，穿着很花色的上衣，领带也是很花色的。他走路的样子，没具着总长所应当具着的派头，而只现着很匆忙的神情，戴着一副近视眼镜，其态度与常人一般无二。

谁个在他的面前也没有让路，仅仅他的身旁跟着招待他的主持者，就这样地他们挤入人群中去了。

谢尔格竟有点儿不愉快起来，他看见大家不让人民委员的路，而且也不再叽咕着，不再向他射着好奇的眼光。他仿佛觉得这些工人有一点儿轻视他的样子："啊，你看，这是我们的委员，总长，自家的兄弟，唉，这样一个平常的人。"宛如满足了好奇心，在阶沿上看见了他以后，他们便失去对于他的兴趣了。

当将人民委员引上讲台之后，又引上来了一个青年工人，完全是一个小孩子的模样，到他的面前，将他所画的画片给他看。

126

　　谢尔格看一看这些画片——在这些画片上最令人注目的是色彩的细致，不能明白这个没有受过教育的小孩子从什么地方得到了这个。他的手指异常不洁，而他有这种对于色彩的热情，他的笔锋是这样细致与美丽……

　　工人们很矜持地将他指示与人们看，视他为自己的婴孩一样。这些工人，他觉得，应视绘画为老爷们的胡闹，而现在竟这样将它看重起来……

　　后来谢尔格记得，当大家听了人民委员的演说以后，一切冷静的面孔是如何改变的。他记得最清楚的是那坐在第一排的一个老头子的面孔，他总是含着和蔼的微笑，不时向他的邻人瞟看着，用肘拐动他。按照着大厅中的那一种紧张的寂静和在半明中的眼光，谢尔格感觉到一切的冷静都从大家身上飞去了，一切这样花样繁杂的群众现在转变为整个的、生活在同一情绪之中的集体。在人民委员的演说之后，整个的高涨的情绪爆发起来，顿时响动着震人的鼓掌声与叫吼声。

　　然后他们被引到招待室里，人民委员与他与汽车夫坐下一块儿晚餐，同在一个碟子之中拿着鱼吃。吃了晚餐，谢尔格走入为他预备着的安寝的一间小房子里。他开始从暖炉走到冻结的小窗口，从那儿走回来，来回地踱着。他完全将精神集中于思想上，在一个新地方，这些思想更要发生得清晰而有力些。他记起那个小画家的形象，他的思想特别地粘到他的身上，似乎为他所惊愕住了。他取出他到处都带在身边的纸簿子，写道：

　　"我们所知道的，仅仅是那人的本性能表现出来的，生育出来的微小的一部分。这是因为只有极少数的单位能够给予这个本性以全生命，能够在自己的身上听见它的声音。仅仅只有极少数的单位敢于相信它，生活着，服从它的规律。因此，人一直到现在所产生出来的东西异常贫乏。我们也只能够分出为我们所知道的种类：画家、建筑家等等。但是，当人在自己的身上展开了对于生活的本性，那时他将惊异它的意料不到的能力，那时他将产生很多量的、还没有命名的东西。这是人类的新牌示，人类已经向这个新牌示进行着。"

# 二七

　　谢尔格记得，他那时在愤火未熄的状态中，决定与柳德米娜脱离关系，后来他从工厂转回家来，仍然很坚定地把持着自己的决意。但是当他越走近莫斯科的时候，他便越想象着，大概她正在经受很痛苦的心境，自然是一整夜都没睡觉吧……于是他又可怜她起来了。

　　本来在实际上，他是不对的，如果说句公道话，那他自然是把她放在一种难堪的、羞辱的境地。于是他便想无论怎样要解除自己的罪过。他已经想到，他转回家来，本预备见着她那恶狠狠的面孔，忽然他向她说一些温存而安慰的话。她一定要乐得哭起来，扑到他的怀里。

　　但是当谢尔格回家的时候，房中空无一人。他问一问董娘，柳德米娜在什么地方。董娘说，自从她上工的时候起没有转来。可是已经晚上十点钟了。

　　谢尔格记得，这时他的第一个感觉，不是为她担心，而是一种失望与懊丧。他是这样坚决地、好好地预备着和她见面，而她却不在家里。

　　当她转回家来，已经是十二点钟的辰光。她知道他回来了，然而她在前房内脱衣很久，不即刻走进来看他，于是谢尔格觉到，说安慰话的机会已经失掉了。因为她不急于见他，这使他又不高兴地想："啊哈，你还是继续着这样子！……好，就随你去！……"

从前房走进来，柳德米娜问他，是不是回来很久了。她没提起关于过去的事情的一个字来。谢尔格期待着要忍受长时间的谈话，或者由于他的冷淡，柳德米娜又要流出许多眼泪来。但是他看见了，在柳德米娜的脸上，丝毫没有痛苦的痕迹，只是表现出冷淡，不承认他的固执而已。她完全没有用眼睛与谢尔格相遇，只当他们说起普通的家务问题——这些问题与他俩争吵的事情完全没有关系——的时候，她向他瞟看了几下。

后来柳德米娜走入自己的卧室内，说她想睡觉。

谢尔格又发起火来，无论如何不愿将这种情绪平妥下来。

"好，再好没有了，"他向自己说道，"至少，我此刻可以做一点儿事情了。"

他向着桌子坐下了，可是他无论如何不能强制自己的思想走入自己所需要的方向。他不守着自己的意志，只管静听着柳德米娜在自己的卧室内做些什么事情。为什么那里没有一点儿声响，又为什么她毫不想妥协一下呢？在她的脸上没有看出什么，只是对于他的一种冰冷的、无所谓的神情，这使得他感觉到气愤。

他觉着在这种紧张的心境之下，由于他俩的关系没有确定，或由于他与这个亲近的人的关系已经完全破裂了也说不定，他无论如何也没有工作的心情。谢尔格走入柳德米娜的卧室，佯作一种样子，似乎在寻找什么东西似的。

柳德米娜倚着衣橱，在那里不动地静立着，用着停顿住了的眼睛向自己的前面望着。他一走进来，她即刻改变了神情：她抽出来了抽屉，将腰弯下来，检点里边的衣裳。

谢尔格立在她的身旁，同她那弯着的窈窕的身子及柔卷着的头发望着，无论如何不惯于想及：两天以前，这个女人是那样地倾向他，预备做他的奴隶，而此刻她的神情却是这样冰冷，如果他握着她一下，说不定她会喊叫起来。

他注意到她今天装束得特别漂亮：她穿着很精致的丝袜，一双美丽的小小的皮鞋。这是说，在争吵之后，她还能到什么地方去，而且更为漂亮起来，那对于她岂不是通通都一样吗？

沉默延长了很久。最后，柳德米娜很快地抬起头来，用着生疏的、冷淡的眼光望着他，问道：

"你要用什么东西吗？"

"我寻找纽扣。"谢尔格回答着说，而自己向她盯视着，表明事情并不在于纽扣。

"纽扣在红盒子里。"柳德米娜说了，毫不回答谢尔格的眼光，又向抽屉将腰弯下了。

谢尔格走出来了。

大家在两个不同的房间内睡觉。

第二天清早起，房间内布着令人难耐的寂静的空气，也不争吵，也不妥协，有的只是迫人难以呼吸的沉默而已。每一个人都做着为什么事情所忙碌着的样子，使这种沉默不致过于显现出来。

晚上，白赫来了。在他一进房来的辰光，柳德米娜即刻从脸上脱下冰冷的、不可捉摸的假面具。柳德米娜的面容这时放出了温存的、欣喜的、注意的光彩。

她即刻问道，他要不要吃茶。

她的这一种对于一个不相干的人的温存态度，同时她如同毫不觉察到丈夫的神情，这使得他不禁要愤火中生起来了。他宛如一个讨厌的吃白饭的人一样。对于别人，她有的是温存与殷勤，而对于他却只是沉默而已。

白赫向写字台前面的椅子上坐下了。他面向着坐在长靠椅子上的柳德米娜，开始用着自由的、高兴的、一个文明人拜客的声调，为她述说目前的事件及他自己近来出门演剧的情形。

他们的对于谢尔格没有关系的谈话的声调，宛然将谢尔格除外，使他没有参加的可能。他只得坐在那里听着，听着他们两人中间是怎样地谈话。

他立起身来，走入柳德米娜的房间里。在这个当儿，他捉住了柳德米娜向他身后所瞩的眼光。她一瞬间似乎完全失去对于白赫话语的兴趣，把他忘却了，注意力完全集中到谢尔格的身上，当谢尔格立起身来，走向她的房间的那个时候。

她的眼光显示着什么，不得而知，但是她的这一种尖锐的紧张的神情，在她对于谢尔格的一切冷淡态度之后，这是很诧异的。

谢尔格，为着免于难堪起见，在客人面前告了罪，说他想去做一点儿事情。

他随身将门带关起来，但是它缓缓地不做声响地又张开了。

在那一间房内的谈话寂静下来了，宛如当他在的时候，只可以做公开的谈话，而他一走开的时候，即刻谈起秘密的话来。

谢尔格自己也不知道为什么要如此做，他很响亮地推动房间内的椅子，但没有坐下，停一会儿他又很有声响地翻转几页纸，似乎他已经着手工作了的样子。但是他立在房子的中间，很经心地捉住每一个从另一间房里飞来的声音。

忽然他的一颗心次数稀疏地蒙混地跳动起来。他尖着耳朵听他们说话，听见他们的语气完全变样了。这一种谈话的神情，就如生怕另一房间内坐着的人能够听见的样子。

传到谢尔格的耳膜的，不完全是一切的话语，尤其是当白赫放低声音的时候听得不大清楚，只他一个人在说着。

"已经七年了啊……难道说你不相信吗？……我什么也不要求……我仅想在你困难的时候，能够在你的身边……总是这样的，谁个不看重，或者竟不会看重，那他就得着一切……而谁个视此为无上的幸福，为无价之宝，那他就什么都得不着。昨天的一个晚间对于我，是我此生中最贵重的一个晚间，而你，或者，竟没有觉察到这一层呢……"

"不，我觉察到了……"柳德米娜低低地说道，"但是不要这个样子，不要啊。我哀求你！……你答应了……"

"当给一个在无水的沙漠中快要死去的人一点儿水珠，他很饥渴地吞下，这难道说是他的罪过吗？……"白赫也低低地这样说。

他还说一些什么，但是说得很低，谢尔格分不出到底说些什么。他的一颗心混乱地、剧烈地跳动起来了。

"不，不啊！……"忽然听见柳德米娜恐慌的、轻轻的，然而很坚决的声音，"无论如何都不行。"

听见她在房间里走动着的声音，很显然，她从长靠椅立起身来，停一会儿她用着常态的响亮的声音说道：

"似乎谁个答应了带我去看戏。"

"礼拜六的戏票已经有了。"白赫也很高声地说。

在这时，叶林娜来了。同她一块儿来了一个戴着细毡帽子的少妇。她的面容异常雪白，两手也异常细嫩，在她的腮上有一颗小黑痣。

她很娇媚地说，叶林娜强拖她到一个不相识的人的家里，她过一分钟就要走的。但是大家强迫她将外衣脱下。她的身量是很肥满的，她穿着轻柔的黑丝衣，好像没生着骨骼似的。

她不愿意将帽子脱下，但是叶林娜硬从她的头上将帽子取下来，使得她只好难为情地理着自己散乱了的金黄色的头发。

房间内热闹起来了。听见茶杯与茶匙的响声，眼见得饮起茶来了。

谢尔格觉着自己宛然是一个吃白食的客人，眼看着主人家的宾客满座，热热闹闹的，而他却隔着壁冷静地坐在那儿。

砰然一声门开了，柳德米娜带着很高兴的面容，很高声地说道：

"出来吃茶吧。"

她的声音太过于响亮了，与其说这是要使谢尔格听着，不如说这是要使来客们听着。她说了这句话，即匆促地走开，似乎生怕谢尔格要向她发什么问题的样子。

谢尔格走出来，向新来的客人捱了手之后，便向自己的位置坐下。

他的周围很高兴地说笑着，而他坐在那里宛如一个吃白食的人，大家要给他吃、给他喝，可是不一定要和他谈话，不一定向他温存着、殷勤着，如对于宾客们一样。

有一次谢尔格看见，白赫冷静而注意地审视着那个腮庞上生有黑痣的女人。当她与柳德米娜谈着话的时候，在她的腮庞上泛起了一层微微的红晕，这一由于她未被邀请而走入不相识的人家来，二由于她感受到这位著名的伶人向自己身上所射着的冷静的目光。柳德米娜很快地瞄了白赫一眼（他即刻从这位少妇的身上将眼光挪开），仍旧很殷勤的样子与宾客们谈着话。

最后，宾客们都立起身来告辞了。

柳德米娜望着白赫，似乎她期待着他走得慢一点儿，与其他的客人们分开。

当他明白了她的意思，照着她的意思做了。她稍微眯着眼睛，轻轻地向他说道：

"在你所说的一切之后，难道说还可以对于别的那一个人发生兴趣吗？"

"难道说这是兴趣吗？……这绝对不是的，无论在哪一种什么情形之下！"白赫轻轻地，然而很热烈地这样说。他还说了一些什么，但是说得很低微，谢尔格没有听见。

柳德米娜握着自己的手，急促地向他低声说道：

"我苦痛……苦痛，我使你烦恼，但是我没有别的法子啊。"

"你完全不苦痛啊。"白赫说了这话，便忙着穿起衣来，避免与柳德米娜的眼睛相遇。而这时柳德米娜望着他，期待着他什么时候看她，她好用眼光指责他所说的话。

客人们走了，柳德米娜的面容即刻从活跃的、殷勤的变成冰冷的且不可捉摸的了。

"我疲倦了，想睡觉。"她向谢尔格说着这话，并没有用眼睛望他。

# 二八

他俩似乎逐渐相对着越发固执起来了。就餐时聚在一块儿，大家坐着或毫不声响，或说及一些普通的事情，在这个当儿，当董娘端菜盘上桌时，柳德米娜竟仿佛听不见的样子。

有一次，走入她的房间，谢尔格看见她面向窗口立着。他问了她一句什么话，她回答他，不转过身来。此刻他觉察到了，她的眼睛饱含着泪水。

现在他每一次出门的时候，她已经不问他向什么地方去，什么时候回来。但是每一次当要出门的当儿，他捉住她向他身后所射着的恐惧的眼光。当他回家的时候，有时很晚，桌上放着为他预备着的晚餐，而柳德米娜已经在自己的房间内向床上躺下，并且一听见他要走进自己房间的当儿，便迅速地将灯光熄灭。

她什么地方都没去，无论白赫如何请求她。她仅仅向他说，礼拜六同他去听戏。

白赫成了一个经常的客人。他的确向她表现出很动人的、热烈的爱情。他服侍她，如服侍病人或小孩子一样。他执行她的每一种略略露出来的愿望。

起初，眼见得她对于他的同情与待遇，是很不心安的，后来她却习惯于他，相信她的确是为他所需要的。他这些年来对于她的爱情，的确不是一种泛泛的欲望：她本没有给过他以可能的希望，而他却继续绕着她的身边，以她的一言一笑，为自己无上的幸福。同时，别的一个人，她给予他一切，却异常冷淡，或者在别的什么地方，他的面孔完全是别一样的……她由何知道？难道说普通夫妻间的吵闹，不是隔了一日，就一切都会忘掉的吗？而他却这样冰冷地、怨恨地对她，或者竟至于仇视她，如一个障碍物似的……

她想将自己的被别人所抛弃的宝物的一部分赠送给他，但是每一次白赫对于她的接触，这接触是过于亲密的，比她所给他的为多，这在她的内心里引起了战栗，一个属于别人的、贞洁的女人的战栗。

谢尔格曾一度出乎意料地感受到一种愚笨的、不合逻辑的、兽性的嫉妒，当他听见隔壁白赫低声与柳德米娜谈话的时候；现在又绝对地相信着，就是她毫不为别人的接触所摇动，对于他仍旧是很忠实的。

有一次，晚上回来，恰在白赫与柳德米娜之间发生了什么冲突的当儿，他听见很严厉的搬动椅子的声音。柳德米娜离开白赫很远，倚着窗口站着，用手蒙住了脸，否定地摇着头，厌恶地说道：

"不，不，不，走开吧，走开吧！……我不能够。"

谢尔格一走进来，她即刻改变了神情。白赫也即刻辞了别，走了。

白赫有三天没有露面了。柳德米娜在一种什么烦恼的沉思的情状之中。有时她走近电话机，但她即刻便战栗起来，如同想到不可能的及不能容许的事情，于是她宛然为内心的冲突所刺戟着，用两手抱着头摇动。她有意地以工作来烦恼自己，比平常上工要早半点钟，回来要迟缓一点钟，并随身带回来许多工作，在自己的房间内坐到半夜的时候方就寝。

而谢尔格，如果在家里，虽然在近来这是很少遇着的事情，也是在自己的房间内坐着。在此种情状之下，只有两条路：或者即刻分离，或者即刻讲和起来。这种情状再往下去是不可能的。

但是谢尔格没有找出走近她讲和的可能性：这个女人的坚决的、非人性的固执，实在引起了谢尔格的固执，不愿有所让步。

忽然发生了什么，宛如在她的心里完成了一种什么烦恼的转变。她打电话与白赫了。谢尔格看见，她又很细心地装束起来，很久很久地梳理着自己的美丽的、蓬松的头发。脚上又穿起精致的丝袜和黑颜色的、漂亮的皮鞋。

"你，到什么地方去吗？"谢尔格问她。

"不，我此刻什么地方也不去。"她回答着说，仍旧梳理着自己的头发，没有转过身来，"今天晚上到戏院去。"

晚上白赫来了。她带着一种羞怯的神情迎接着他。

"你把我忘记了……"

"不，我没有忘记你，但是……"

"如果我不打电话给你，你将记不到我呢。"她这样说，在她的声调里已经完全是新的音符，不像当她烦恼地坐着，在她身边白赫不过是耍着她的亲近的朋友的角色那时候一样。她此刻露现着献媚的神情，她的眼睛似乎说道，他太过于急躁了；女人们时常有着情绪的转变，谁个会等待些，那谁个就可以得着呢。

谢尔格在他们交谈的情形之下，如一哑子，也许他们俩的态度对于他只有一种愿望，愿望他赶快滚到什么地方去，不要妨碍他们。他于是又开始发生了烦恼的、嫉妒的火焰。在他的面前，他的女人居然对待别一个男子，抱着这种对谢尔格的态度，居然不把丈夫放在眼里，这实在未免太使他难过了。

他懂得她每一种小小的表情的意义，她在白赫面前献媚。他看出她振作的神情，然而这使得他气愤、厌恶，因为这种振作不是为着他——

138

谢尔格，而是为着白赫。他能很平静地做她的振作的证人吗？

她穿着一件美丽的衣服，系着一条腰带，十分显出她的纤细的腰部和隆起的臀部。裙子是很短而紧的。因为她坐在长靠椅上，腿压着腿，使得裙子高高地张开，露出她的膝头，一直到那丝质的下衣。谢尔格从来没看见过她这样。

她似乎不注意到谢尔格的存在，继续与白赫谈着话，用着完全新的语气。谢尔格觉得，她是很兴奋地笑着白赫所说的一切。她的裙子在腿上张开得那样高，而她宛然就同没觉察到似的。谢尔格看见白赫不时总向她这个地方射着眼光，不禁觉得异常厌恶，简直不可以忍耐了。

但是，她一看见谢尔格预备走开，她的笑声便登时停止了。她紧紧地咬起嘴唇来。她急促地从长靠椅立起身来，竟没有听完白赫所说的一句话，便随着谢尔格走到前房来。

"你又要走开吗？"她张着燃烧着的眼睛向他问。她的高兴神情一秒间完全消逝了。在她的口气里，响动着挑动与威吓。谢尔格觉着他的一颗心是死寂了，而他的口也不知为什么干燥起来。在吵闹以后，现在他们俩第一次这样脸对脸地遇着。

"是的，我要走开。"他外表很平静地说。

"如果我请求你留下呢？"她这样问，似乎特别地说出"留下"这两个字来。

"干什么呢？"

"不，不要问什么'干什么'，如果我就这样请求你呢？……"

谢尔格明白了，如果他说一声留下，那他俩或者要调和起来，或者后来也不至于再发生什么事情。但是他的任性使他偏要追问"干什么"，有什么原因令他一定要留下来。

"这是我的请求，我的唯一的请求，在我们中间发生事故以后，是得不到什么结果的吗？"柳德米娜问着。她的眼睛忽然低将下来，很坚决地咬着嘴唇。

"你说，干什么，那时我或者留下。"谢尔格说。

她忽然转过身来，简短地说道："好，你走！"便向白赫走去了。

# 二九

　　柳德米娜回来很迟，比剧院闭幕的时间要迟得很多，她也不向谢尔格现在睡的一张长靠椅子看一看，便走入自己的房间了。

　　他从那没有掩蔽着的门缝里看见，她将衣服脱下拿在自己的手里，向着前面望了很久，后来将衣服摔到床上，赤裸着肩臂坐下，向镜子审视着自己的面孔很久，后来俯下头来，坐着不动。

　　谢尔格愤火中生，很坚决地立起身来，走至她的面前，想无论如何把这个问题完结一下，免得再延长下去。

　　在他走进门的当儿，坐在床上的柳德米娜惊战了一下，带着一种什么很野蛮的神情望着谢尔格。她的手自自然然地掩住赤裸的肩臂。她笔直地望着他，宛如生怕他走上前来与她并排坐下，或者用手摸她。

　　这一种用手将肩臂掩住的动作，使得谢尔格生气。

　　"你已经对我就同对一个外人一样了吗?"他说。

　　柳德米娜不语，睁着眼睛望着他。

　　"你到什么地方去了? 我等你一整晚上。"

"你等了我吗？……难道说你在家里吗？"她问。

"是的，我一整晚上都在家里，我是从八点钟就回家来的。"

柳德米娜用手摸着头，向他望着。

谢尔格摸摸她的面额，面额如火一般地烧着。

"你病了吗？"

"是的，我病了……我病得很厉害。"她用着很奇怪的声调这样说，如同在热昏的状态中一样。她缩一缩脚，将身子轻轻地向前后摇晃着，睁着不动的眼睛，几次重复地说道：

"我病了……我病得很厉害……这是我的不幸，我的苦恼。但是今天……我试用了一点儿药。是的，我用了药！"

她忽然很快地，如同热昏了的神情，说道：

"怎么办呢？只得医治，或是死去。没有别的出路。亲爱的，出路只有两个。我想活着……我喜欢生活，我喜欢它。但是在我的药品里是迟缓的死亡。"

"什么药物？你说的什么？"谢尔格说着，挨她坐下，如同同害狂热病的人坐下一样，听着她说话，然而不相信她。但是他忽然想起来了，莫非她在叶林娜处吞服了吗啡，大概叶林娜是经过这种事情的。是的，大概是这样，因为她的眼睛失了常态，闪射着生野的光芒。

"完结得这样快，"她苦笑着自对自地说道，"我的上帝啊，唉，完结得这样快，我老幻想着，我成为他的在世界上的最有用最贵重的人，不料经过了五个月头，一切都完结了！"

"什么完结了？"他差不多叫着问她，好像要借此以解除她的昏乱的状态。

"亲爱的，一切都完结了……一切！"

"你向自己做了什么事情？！"谢尔格又叫着说。

"难道说现在反正不都是一样吗？……你总是整晚上不在家……而我，我是用着什么样的爱情夹收拾我们的小居处……不过，现在这又有什么讲头呢?”她苦笑着说，搓着自己的双手，“现在我们是两无相见的人了……”

她忽然竖起眼睛，宛然看见那在想象中所看见的东西，停一会儿，她不忍耐地用手搂着自己的头，好像那无可能性的思想在她的头里如火热的铁燃炽着一样。忽然她又逼望着谢尔格。她的眼光一秒间改变了。这已经不是病人的昏乱的眼光，而是一个人为疑虑所苦，现在想面对面地将这件事解释清楚，那一种坚决的、费思索的、尖锐的眼光了。

毯子从她的肩头落下，但她没觉察到这个。眼见得她毫不迟疑，而且自己已经决定她所猜想是不错的。但是她要紧的是，听见谢尔格的答复，看见他对于这个为命运所注定的问题之答复的神情。

“回答我……一个问题。”她说着，将眼睛尖锐地逼视着谢尔格。

“回答什么问题?”

“你从前什么时候都不走出门去……你总是急于见着我……你总是向我说，你时常到什么地方去。从前我从没发生过疑问，因为我相信我们中间的感情，我觉得……那是什么都不必猜疑的……（她战栗了一下，宛如受了寒，或者起了可怕的思想）绝对不会有什么不好的、卑鄙的……我不知这如何说法才好。总而言之一句话，当时我相信你，我相信我对于你是最贵重的、唯一的，那时我问你时常到什么地方去，也只是想要在精神方面也和你在一道儿。但是一礼拜以前，当我看见你能与一个初相识的女人……让我说，你别动!”柳德米娜举起手来，很严厉地说，“那时我就完全明白了，那一整夜不落家之后，你总是常常外出的……”

“那一夜我是到工厂去的!”谢尔格粗暴地说。

“且慢! 就算是这样，但这并没改变事情的性质。我已经惯于这种思想，你无论如何什么新的东西向我也说不出来。”她迅速地添着说，“我想听见你亲口所说出来的实在话。男人本来不能经常地一个人过着……”

"我也并不是一个人呀。"

柳德米娜瞅了他一眼,如同等待着不可避免的打击似的,咬着嘴唇,好像即刻就要淌出血来。

"你怎样并不是一个人呢?"柳德米娜轻轻地问,几乎难于听见。

"就是这样,和我在一块儿的人多着呢。俱乐部里,编辑部里,我都有工作,又时常到工厂去,到处都是人,而且与这些人们的会遇能够给我活动的力量。"

"是的,但是你如果没有亲近的人在你的身边,你究竟没有一个最重要的人呢。从前你的这样一个人是我,而现在……"

"那么,既然如此,眼见得我们相互间不能了解。"谢尔格说。

"不,我们是很可以了解的……向我说实在话吧……仅仅一句实在话!"柳德米娜说,"我也不责骂尔,也不吵闹……你有……(她停住了)你有别一个女人吗?……"

谢尔格莫名其妙地提一提皮靴带(柳德米娜是不喜欢这种动作的),很诧异地举起了眉毛。

"哪一个女人?"很天真地问看,宛如提到什么扫屋的女人的样子。

柳德米娜沉默了一会儿,向他望着。

谢尔格最后明白了她的意思,很爽直地说道:

"啊哈,是这一种意思吗?……不,一个女人都没有。"

很显然,照着他的神气,她看见了他的确是在说实在话,不禁面容忽然惨白起来了。

"任谁个都没有吗?……"她用着奇怪的、懊悔的神情问他,似乎谢尔格在她的面前是纯洁的,而她却做了不可挽回的过错。后来她很苦痛地懊悔着说道:"我的上帝啊,既然如此,为什么又耍那桩事情!……"

谢尔格现在明白了她的惊叹的意义,但是当时他所明白的却不如此。

"我是怎样苦痛着，当想着你离开了我，而走向别一个女人那里去！我是怎样苦恼，怎样仇恨你，而且想着要向你报仇，因为你破坏了我的崇高的希望。我的唯一的生活的幸福，是在于能够确定地想到，有一个人一生完完全全地仅仅属于你……唉，当我想象着你同另一个女人在一块儿，我是怎样苦痛啊！不料忽然……"柳德米娜将双手紧抱着谢尔格的颈子，牢牢地贴着他的身体，如同重新找到了宝物似的。"我的上帝啊，难道说一切都这样平安吗?!"她这样说了，宛如她还不能信以为真的样子，坐在床上，总是向挂着神像的地方望着。

她留存着这一幅神像，不知为着何故，她从没向它祷告过，因为她是一个不信神的人。她曾说过，这是母亲的纪念物。仅仅在很少的最为痛苦的时刻，她将它取下贴在胸前，或向它审视着。

"啊，这是怎样地好，怎样地轻快！……"她忽然沉默下来，将眼睛闭着，将嘴唇抿着，又战栗了一下。停一会儿，她用着一种什么后悔迟了的神情说道："既然如此，为什么要发生了这一切事情！……我不愿意啊！不要这样……"她说着，勉力地摇了一下头。

她忽然拼命地吻起他来，吻了便哼着向枕头躺下。他们的拥抱从没有像这一次这样热烈，这样紧张过。她仅仅偶尔摇动着她那头发蓬松着的头，叫道：

"……这是怎样可怕……怎样可怕！……"

谢尔格现在才明白了这些话语的意义，但是他现在依旧不能明白，为什么这些话语是那样地感动她呢？

第二天早起，柳德米娜先于谢尔格起了身。她宛如新婚的样子，脸上充满了笑容，眼中闪耀着光彩。

在上工之前，她向长靠椅坐下，这是他们亲密谈话的地方，将谢尔格喊到身边来。

"我想要向你说些什么。"她红着脸说，"我们的生活曾扰乱一下，但是现在我不怪你，而怪我自己。我做了愚笨的事情：我曾设想，我们的生活是完全的我们的灵魂的融合，由此，那我或你便不再需要任何人，若别人对于我们有了什么接触（她的面孔起了惊慌之色，但即刻很快地消逝了），那简直是讨厌，不能忍受，而且是罪过的。但是现在我看见了，你不是这样的一个人，你除我而外，还需要一些别人们，完全不为着那个……我明白了这一层。但是……"她停住了，宛如她预备坚决地说出她的思想，然而一时转不过气来，"但是如果就算你需要她们，存着别一种意思，我是指女人而言，那这是我可以忍受的，如果我能知道一切实情，如果你毫不隐瞒我一点儿！你将听不见我对于你说出一句指责的话，我想做你的，就算作不是唯一的，也要是最贵重的。我是那样无知，"她苦笑着说，"居然相信这种幸福的可能性！但是现在的人们是另一种人们，眼见得这种幸福是没有的，而且是不会有的。……我仅仅恳求你一件事：让我们从此下去，我们中间只存在着一个真实。到什么地方去，同什么人说话，这都随你的心愿，仅仅不要瞒着我就好了。向我述说一切。在我对于你的无涯际的爱情的名义之下，我领受一切。"

她说着这些话，在她的眼眶内满含着泪潮。

"你与白赫没有什么吗？"谢尔格说，"我们相互地开始了完全的真实的生活，那我向你说句真实话，关于这件事情，我是绝对不指责你的。"

柳德米娜很惊恐地望着谢尔格，宛如她等待着这个问题的样子，便不让谢尔格将话说完，连忙向他说道：

"我向你发誓！……你怎么能想到这个呢？我不爱他……我怎样能够……在那件事情之后……（她的脊背又战抖了一下）。但是，实在说，我时常想到，当你离开了我，我是不是要保持着自己，为着一个不需要我的人呢？我是不是可以把一点小的部分给予那个需要我的人呢？这对于他是伟大的幸福、无价的赠品……我可不可以这样做呢？这对于我是最可怕的创痛，因为我知道如果是这样，那我将不能是再属于你的了。这将破坏我们所有的关系……就算我们又和好起来，那你也不能视我如你的唯一的人了。我对于你将低下了一层……绝不要再说起这事情吧！……"她用着力气这样添说道，"绝不要说起，你听见了吗？也绝不要想到这一层吧！我自身如我对于你的爱情一样，是永远的、真正的、纯洁的……"

"你用了什么药呢？"谢尔格这样问着，觉得他的一颗心宛如被刺动了一下，对于什么害怕起来，"难道说是吗啡不成吗？……"

柳德米娜向他望了一些时，后来说道：

"是的……吗啡。"

"你是怎样愚蠢啊！难道说可以这样吗？……"

谢尔格向她说，从这一天起，他将向她完完全全说着实在话。他说着这个，却没预见到结果如何。

# 三〇

　　在他们的生活里，开始了新的阶段。那在意识里是一种什么不习惯的、非常的事情，两个人中间能够存在着完全的真实，能够相互告述一切，而不视对方为自己的私有者。已经经过了一个月的光景，他们的生活没起过一点点的云雾。

　　谢尔格仿佛看见了一个新的人、朋友和同志。这个新的同志领受他一个整个的人，包括灵魂上坏的与好的方面，虽然这些方面有许多是未被说出来的。

　　对于谢尔格，这是很宝贵的事情，就是能有这么样一个人，可以向他说出自己未曾说出的话。谢尔格很宝贵地意识到，他能在一个人的面前勇敢地说出一切，说出连他自己所不十分了然的那内部生活的角角落落。

　　他们说起一切，但是柳德米娜多半要把谈话引到爱情方面去。她问他对于女人的态度，除开她而外，有没有过女人，是不是在别个女人的身上，谢尔格也曾偶尔发生过欲念。

148

谢尔格高兴自己能够向她说出一切的事情，便说在这一种关系上，他有一种莫名其妙的感觉：他总喜欢与女人们发生接触，自然这不是在坏的意义上，而是在纯人性的意义上，同时他的男性的部分的感觉依然是存在的。

"当你爱我的时候也是这样吗？"

"是的。"

"这真是奇怪。"她用着这样的声调说，宛如她简单地听见了一件有趣的事情，不引起她的任何痛苦来。

"我总是觉得，我们的心理，因为公众生活的改造，不能依旧还像先前一样，先前的生活的条件完全是别一样的啊。这是不可避免的。在这一种范围里，也许成熟着完全别一样的关系。本来如果我们允许我们自己行动着，如我们在什么地方所感觉到的、心里所愿意的一样，那我们现在的生活将要成为另一种面目的呢。但是我们太过于惧怕离开旧的，那我们的父母和祖先们所借以生活的东西；就算在这一个范围里，我们破坏了一切，而在别一个范围里，我们却仍保留着整个的内心的惧怕，不要看外部分已经起了暴动。"

"但是你的这种欲念、这种情绪是即逝的吗？你不想将它们延长下去吗？"柳德米娜问，"例如你同那一个姑娘，爱玛？"

"丝毫也不想。当我走到什么地方，那儿有许多年轻的女人，我不过简单地感觉到一种与她们内部的接触，如普通与群众的接触一样。不过这种接触外加上了一套薄薄的、不可形容的愉快的彩色。如果我走近哪一个女人，那我对于一切人们的亲近的感觉依然保留着不变。我对于女人的态度是很纯洁的。我以为基督教给予了人类以不可救药的毒害，它毁谤了而且弄污秽了人类的高尚的感觉，从这感觉里可以生出诗意、快乐及一切创造的活动。就是现在我们的国度里，一般不信神的人对于爱神的态度，还是以它为不值得什么似的。很少很少的男人，能够在谈到女人时，不发生很卑污的、两种意思的微笑。我向你说，我们的荒淫的青年，虽然他们太原始地看着爱情，究竟比那些浑蛋，那些要保留道德、仇视现代风俗的浑蛋，要纯洁得一千倍呢。青年们对于这些关系，绝不存着以此为罪恶的观念，而这却是很重要的事情。其他的一切是会慢慢来到的。"

"这是怎样奇怪啊！……"她沉思着这样说。在她的额上皱着一种什么很困难的思想，好像她自己不能解释明白似的。"既是这样，照着你的意思，那是没有什么可怕的……罪过的……如果在一种什么冲动的或怜悯的影响之下，有时回答自己的偶尔的感觉……你就这样做去……"她十分费力地这样说。

"这其间，普通是没有什么可怕的，尤其说不到罪过。在这些事情上，我们应当消除一切神秘的恐惧。说来说去，你自己为着自己，是可以回答这个问题的啊。"

柳德米娜等待着他回答的那种神情，宛如生怕他的答案不如她所愿望的一样。这时她默着不语，牢牢地、感激地搂抱着谢尔格的颈子，用全副力气紧贴到他的胸部。

这些谈话对于他们是最愉快的。

但是柳德米娜关于自身差不多什么话都没有说，如果谢尔格问起她以前的关系，那她不过轻轻地回答一下。她总是说，在谢尔格以前，她没爱过任何人。

她与白赫的关系很急剧地改变了，当他第二天打电话，柳德米娜，她很惊惶地向谢尔格摇着手，叫他说她不在家里。

"我此刻不能够见他，他使我感觉到不快。"她说。

但是过了几天，白赫终于来了。柳德米娜对他，与以前完全两样。在他面前，她成为急躁的、烦恼的、无耐性的人了。无论白赫说了一些什么，都引起了她的反对。当他开始苦诉衷肠的时候，她总是默不一语，背过脸来。如果这时谢尔格在别一间房子里，他便走近她的身边，很惊惶地、哀求地问她，她到底怀着什么心事，为什么有这样大的改变呢?

当她听见他在前房的脚步声,她的面容上即刻呈着惊惶之色,她的那一种自然的简单的态度也就即刻消逝了。

白赫现在现着苦恼的、恭顺的模样,他来到柳德米娜家里,依旧像先前那样小心翼翼。有一次,谢尔格出乎意料地走进了房内,在这个当儿,柳德米娜和白赫两人没有作声。他看见了白赫的眼眶是润湿的。

现今白赫来到他们的家里,总是这样苦愁而凄惨的样子,宛如他有了不可医治的悲哀或不可挽回的遗失。柳德米娜在他走了之后,很久不动地坐在长靠椅上,有时立起身来,现出一种悔恨的神情,用两手紧抱着头,在房间内很急躁地踱来踱去。

有一天谢尔格问她,到底是怎么一回事情。她不禁战栗了一下,因为她没听见他什么时候走入房内。她很惊惶地向他望着,好像一个人为一种思想所包围着,没有看见自己身旁立着别一个人的样子。她竟在几秒钟间用着惊惶的眼光望着谢尔格,后来眼见得她放了心,改变了另一种神情,很疲倦地说道:

"我曾不愿意……将一切事情都告诉你。但是,既然你问起来了,那我也就应当告诉你,在我们之间不应有不说出的什么事情。"

她很苦痛的样子,咬着嘴唇,停一会儿,她照着自己的习惯,将头用力地摇动了一下,逼视着谢尔格,说道:

"我曾告诉过你,白赫几年以前……曾在我身上发生了兴趣,但是我……我却不愿意做他的玩具。现在他遇着了我,总是哀求着我,要我允许他做我的最忠实的朋友,他将在内心里隐藏着对我的爱情,如同隐藏着宝物一样,永远不向我提起一个字来。他说,我应当知道,他的生命每一分钟都是属于我的,在世界上,除开了我,一切女人对于他都是不存在的,只有一看见了我,他才能生起新的力量。当他看不见我的时候,那他便失去生活的欲望,他觉得他可以走到罪恶的途上,可以堕落得不堪,可以毁灭自己。"

"总而言之，这是为你时常所说的，那种爱情的魔力吧。"谢尔格说。

"是的，"柳德米娜很急促地这样回答着说，仿佛她生怕在这种思想里停住了，"当我同你结合了之后，我觉得我有了保障，便允许了他做我的朋友。但是……不料又开始了新的悲剧：他苦痛着我属于别一个人……属于你……当他服从自己的命运，向我表示毫无私欲的爱情，一切都和平地过去，那我……也就很好地待他，但是当他跪着哀求我的时候，那他便成为我所厌恶的人了。"

她两肩又战抖了一下，沉默了一些时，咬着嘴唇。

"当你……你走开了，到工厂里去，没有向我辞别，他又开始哀求我，于是我讨厌他在我的跟前。我曾有过思想……我已经向你说过，就是我曾想，我的身旁有着这么样的一个人，他对我怀着非常忠实的爱情，我已经试验了它许多年份。如果我向他让步，这对于我的最崇高的心灵，是不是一种背叛呢？虽然我不爱他，但是为着他的伟大的爱情……本来时常可以向他发生一种怜悯的冲动……对于你，发生一种反抗的心情。尤其是你不能估量我所给你的价值，我将全灵魂献给了你，预备融化到你的身上，把自己完全消灭掉……"

她又停止住了，用舌舐一舐干燥了的嘴唇，又继续说道：

"于是我……几乎……但是你回来了，我们又开诚布公起来……真实地互相解释，打破了疑团。我觉着我又纯洁起来了，消灭了一切的迷惑。"

当谢尔格此刻记起这一次的谈话，他了然了一切，可是那时他除开柳德米娜所说的，什么也没看见。

这样和好后的、开诚布公的、新的关系的结果是：一方面柳德米娜怕难为了谢尔格，不再问他到什么地方去，什么时候回来，同谁个在一起；但是在另一方面，谢尔格觉得有向她告述一切的义务，并且较以前为详尽些。除此而外，他似乎为了这一种新的关系所束，一定要分给柳德米娜较前还多一点儿的时间。

　　如此，柳德米娜现在知道他的一举一动，而他却失掉许多工作的时间，较以前更为不如。在这一种艰难的改变之后，谢尔格当然不能一下工回来，便拿起书本读书，不先向她说一些话。

# 三一

有一次他俩坐着等待着中餐。这是一个什么节日。柳德米娜说，她现在异常安静，她的生活是很光明的。

"你简直不能设想到：在这以前，我差不多没有一分钟不为着我们的生活而恐惧着啊。但是现在，在我们这一种完完全全推诚相见的关系上，我的这一种永远的恐惧却消逝了。"

她停住了，仿佛不决意即刻就说出来。

"……但是你知道，我最怕的就是你能遇着一个很好的女人。对于我，那是不可救药的打击，若我知道你随便遇着了一个什么女人，而即向我变了心了。就是你在精神上与那一个女人接近，这也是使我惧怕的事情，至于在一种情形之下，好的女人，不待言，更是危险的……"

"你怎么能够这样说呢？"谢尔格说，"如果我与那一个女人没有什么精神上的接近而走向她的面前去，那证明我的灵魂是龌龊的。"他说着这话，心境不安起来，寻找香烟吸，然而烟盒子里是空的。

"龌龊的也罢，只要是我的，总比那纯洁的，然而是别人的为好些。"她说着这话，现着坚决的神情。但她即刻接着说道："自然，我有点儿胡说，但是这由于我怕把你失掉了啊。"

"且停一停，我且买一买烟就来。"谢尔格说。他立起身来，将帽子戴上，将牛皮的上衣穿上，便走了出去。

这是他们同居生活的第七个月。在他们的生活里，两个月过着充满幸福的生活。

这是初春的时分。在街上，谢尔格一下子就被阳光所沉醉住了。从屋顶上流滴着晶明的水点。清道夫净扫着街道。小孩子们蹚着，用着棍子在小小的沟渠里放驶小船。晴蓝的天空掩盖着屋顶、教堂的闪着金光的十字架。

这是一年的季候，从清早起，在尚未十分清明的空气里，已经荡漾着春意，日光浸射到每一个空隙里，炫耀着人们的眼睛。

一到晚上，在日落悄静的辰光，天空呈现得异常清明而平静，料峭的春寒又紧张起来。在教堂的金色的顶尖，那上面还隐约着黄昏时候的金黄色，渐渐地浓布着日暮的寂静。

谢尔格停住了脚步，呼吸几下新鲜的空气，向那无涯际的、蔚蓝而清洁的天空望着，那儿正飞跑着几朵一尘不染的白云，于是他感觉到一时间与这个无涯际的、新鲜而清洁的天空融化起来了。

忽然他惊异地睁了一睁眼睛。迎面来了还戴着皮帽、穿着皮袍的爱玛。她也知道了他，于是在她的鼻头上，即刻显露着欢欣的、略为诧异而微笑着的皱纹。

"哦，这样巧啊！"她叫了一声，迫不及待地跑向前来，拿起了谢尔格的手。他握着她的手，两个人笑将起来，自己也不知道为着何事。

她戴着手套，小小的手扶一扶掉下额来的帽子，这一种神情就好像冬天的时候，小孩子滑着冰，用手扶那遮掩到眼睛的帽子一样。

"这样，我们的同盟还没有解散吗？"爱玛说着，由于微笑露出了那白如玉米的牙齿，腮庞泛起了一层红晕。

"是的，一点儿也没有解散啊。"谢尔格说。

似觉没有一种特别的原因，使得他们这样高兴。但是春阳的光辉、天空的晴朗、春天的感觉，这一切都产生着莫名其妙的、欢欣的情绪。

"你住在此地不远吗？"爱玛问。当谢尔格指明了她，她很高兴地叫道："哦，我们差不多是邻居呢！走，送一送我，我们差不多就在并排呢。"爱玛说着，把谢尔格上下打量了一下，见着他比她高了许多。她绾了臂膀，要他挽着她，因为在这时经过结着冰块的路。

谢尔格想说他出来是仅仅为着买香烟，他的妻在家等着他吃饭……但是他觉得说出这些话来是很难为情的，而且就是耽搁也不过几分钟，既然她是住着很近的。

"苏娘在什么地方呢？"谢尔格问，宛如他问起了自己的姊妹，或一个什么亲近的朋友。于是他即刻也就将这种感觉说与爱玛听了。

"是的啊！"她很高兴地回答着说，瞧了他一眼。"我也是这样感觉着。完全和兄弟姊妹一样，略有一点儿不同，"她很天真地加着说，"是的！我忘记了向你说，你与我的丈夫很相像，苏娘也是这样说。"

"怎么，难道说你已嫁人了吗？而我还把你当作姑娘，小小的姑娘呢。"

"啊，大家都把我当这样，"爱玛说着，微笑着将鼻子皱一皱，"殊不知我是一个呱呱叫的在机关里办事的人，而且在建筑学校里读着书。你看好不好，让我们今天在一块儿，共同到戏园去听戏去。"

"妙极了！"谢尔格说。

爱玛想说什么话，但是为谢尔格的牛皮衣所引诱住了。

"这是什么，牛皮吗？"她问。

"小小犊子的皮。"谢尔格回答了她，两人不知为着何故，又笑将起来。

谢尔格走回家来，完全是具着另一种与走出门时不同的情绪。在这一种高涨的、活跃的情绪之中走回家来，使得柳德米娜很诧异地望了他一些时：买了一下香烟，得到了什么天大意外的好消息吗？为什么他出去了这般久？香烟在巷口总是有卖的。

"你到什么地方去了？"她问。

"我遇着了爱玛。"谢尔格说。先前他或者不向柳德米娜说这一次会遇的事情，因为她对于这一层总是很担心的。但是现在他们既然在推诚相见的关系之下，当然没有什么隐瞒的必要了。

"哪一个爱玛？"柳德米娜问。在她的脸上显现出不愉快的惊异。

"就是那个，就是那一次在叶林娜家里的那个爱玛。"

"怎样呢？"

"我送了她一程。"

"奇怪……"柳德米娜说，耸一耸肩，"你们难道说那一次以后又见过面吗？"她这样问着，谢尔格看见了她担心的、等待的眼光。他忽然觉得在他与柳德米娜之间，又放下了一层帐幕，于是他的内心里又跃动起来了对于她的不愉快的感觉。

"没有，没有再遇着过。"

"既然这样，那就更为奇怪了。"她说，将肩耸一耸，没有觉察到谢尔格的情绪的转变，"遇着了差不多一个不认识的姑娘，她便将你拉去，同时妻在家坐着，什么也没想到，正等着你吃饭。这是表明任何一个女人都能将你拉去，你也就可以跟着她走，随她所欲。"

"什么叫作'拉去'呢？"谢尔格说，"我自己送了她，就是这么一回事。"

这一种不愉快的谈话，现在更使得谢尔格不便于说他不但送了她，而且他们已经预备今天晚上到戏院去呢。这是不能够向柳德米娜说出来的。这将使她更怀疑起来，而且又要像先前一样，不知要弄到什么地步。

为什么她要说出这些话来呢？她自己强逼他说谎。现在他不得已只得说，他今天晚上有一场会议，回家来恐怕要很迟。

"你本是自己请求要说真话的啊。我现在向你只说真话，而你因一点儿小事，就要说起一大篇的话来。"

"但是，我的亲爱的，你究竟要承认，这是很奇怪的：第一次看见……好，第二次，"她连忙这样说，当她看见谢尔格要否认的时候，"便和她忘了形，不顾及家中正等着吃饭。当我们正谈到好处，想后来不至于忘却，而你却……"

"反正对于你不是奇怪，就是不能容受。为什么你要说一些侮辱的话，什么'拉去''忘了形'呢？……"

"不，不，我相信你，"她急着说道，"不过是……我哀求你，只要说实话！"

不要看她说了这些话，谢尔格觉着还是不能向她说同爱玛到戏院去的事情。

"啊，这是本地方谁个寄给你的一封信。"柳德米娜说着，便将一封封面为女子所写的信交给他。她开始吃起汤来，仿佛生怕他会想到她要知道信里写些什么。而谢尔格将信放下不读，因为他记起来了，她不喜欢在就餐的时候读什么东西。

但是柳德米娜不知可故，总是向这一封信瞟望着。

餐后，谢尔格将信拆开了。这是编辑部通知在本星期末要开会的通告。谢尔格将信封摔在桌上，而将信纸丢到字纸篓里去。

# 三二

　　谢尔格第一次很尖锐地感觉到，就是对于自己最亲近的人，那完全建筑在真实上面的生活也是不可能的。此刻因为她听见了谢尔格与爱玛遇见了发生不快，谢尔格便不能再告诉她，说他今天晚上要同爱玛到戏院去。我们假设一下，他向柳德米娜说出这件事情，那结果是怎样的呢？

　　那结果是：第一，她要说"眼见得事情不是这样简单，既然你们到戏院里去……"第二，那她要想到，为什么他不在起初而到现在才说出戏院的事情来呢？这是表明他想要把这事隐瞒下去，但不知他为什么又想开了。但是在谢尔格一方面，他所以未把这事告诉她，不过是怕要因这点儿小事发生什么事端罢了。

　　这种欺诈一定又要拖长下去：他或者应当向柳德米娜撒谎，说什么他今晚上要去开会；或者他应当向爱玛撒谎，说他因为开会，不能和她到戏院去。在事实上，他不能向爱玛说起他与妻争论的事情。他不能说因为怕使得柳德米娜生气，所以他不能践约。

小小的欺诈会随时引起一大串的欺诈。

同妻过着完全真实的生活，眼见得是特别困难的事情，这是因为在他与柳德米娜的关系上面，放置下了根本的虚伪。这虚伪就是在于他俩人生观的不同：对于她，他是她的生命的唯一的、最高的意义；而对于谢尔格呢，她不是他的生命的唯一的、最高的意义。

如果他能完全向她说出实在话来，那他便应当说：

"我不能将我的生命完完全全地给予一个什么人，因为那样我将失去我自己。我将失去全世界，失去在它中间的活动。你在崇高的爱情的名义之下，为着我一个人，拒绝了全世界，想时时刻刻完安全全地占有着我，可是因此你也就妨碍我的活动了。"

但是这一种实在话，绝不能向她说出来。如果向她说出，那便要即刻离开她。但是在他们的关系这样转变了以后，离开她岂不是很狠毒的事情吗？

谢尔格还觉得柳德米娜的处境，比他要好一点儿。她是很公正的，因为她不必隐瞒什么，她所有的只是对他的爱情。对于她，除开这个而外，什么都是不存在的。然而他却燃烧着青春的欲望，倾向于每一种的印象和感触，在事实上，究竟不菲将这些印象和感触都完完全全地让妻知道。

对于她，大概是，那一种背叛他的思想是不可能的，因为她在内心里是太贞洁的了。也许她的贞卡本能地是受着基督教的影响。因此对于她，别一个男人与她接触了一下的思想，都是不可能的。

他却没有这样的情绪。对于他，在对于别个女人的关系上，没有什么不可能的事情，虽然他与柳德米娜同居以来，没曾有过一件这样的事实。

但是，究竟他的根本的情绪是与她的情绪相冲突的。他喜欢人群，而她却只倾向于他一个人。

因此，只要谢尔格稍微坦白一点儿，那就要将他们引到碰壁的路上：嫉妒、气恼、悲剧就要接踵而起了。

"我一桩事情不明白，"饭吃了以后，谈话眼见得又转到爱玛的身上去，她向谢尔格说道，"如果有人向我说，说我为着你应拒绝世界的一切，那我绝对毫不思索地就做到。无论在什么情形之下，我是绝不能想到要使我的亲爱的人忍受一点儿苦痛的。我明白你一定要与别的人们接触，我不是指着女人而言（谢尔格明白她所指的就是女人），但是这并不是一定必要的事情，可以因为爱我的缘故，把什么东西抛弃一点儿。自然，这是说如果你爱我的话，如果这个爱情对于你是贵重的。来，让我们度量一下，对于你是哪件事情贵重些：我们共同的生活，还是在我们关系之外，你所得到的快乐呢？"

"这并不是快乐啊！"谢尔格说，"这是生活所赐予的，这是生活以之为滋养的物料。"

"而我不滋养你吗？我不给予你什么吗？"

问题碰了壁。

或者说："是的，你不给予我什么，你不能企图将你自己来代替整个的世界。"或者说："是的，自然啰，你是我在生活中所领得的最大的赐予，我为着你可以拒绝一切！"

无论他们从什么原则上的、最和平的谈话开始起来，结果总是要互相指责的，因为一说了真话，那便显露出谢尔格并不用全部心力趋向于为她所趋向的东西。

不得已只得在"完全真实"的旗帜之下，将真实分为两种：无危险性的真实和有危险性的真实。

不得已只得用起策术来，将一切有危险性的真实免去，而佯作着样子，表明他所说的就是真实。

此外，谢尔格为要说实在的话的感觉所疲惫住了。他一方面虽然要隐瞒些什么，但又怕没有把话说尽会使她后来要说他隐瞒了什么，没有说出来。

例如她交给了他的这一封信的事情。

在他们的话锋抵触了以后，沉默了一些时，她又向他问道：

"你接到的是一封什么信？"

很显然，根据以上的谈话，她的思想自然会走到这一封信上来。

"编辑部开会的通知书。"谢尔格说着，将头转过来向她望着，谨防着她再说些什么话。

"为什么你吃饭的时候没有将它拆开看，难道说你已经晓得了这是通知书吗？"

"我没有拆开看，是因为你时常叫我不要在吃饭的时候读什么东西。"

她望着他的那副不高兴的面容，停一会儿将头低下，咬着嘴唇，用手指卷那香烟的废纸壳。

"你又生什么气呢？"她说着这话，未将头昂起来，"我不过是觉得你没有读这封信是很奇怪的……"

"这并不是信，而是一张简单的字条！"

"都是一样的……"

"不，这并不一样，因为……"

"我不明白，为什么你要这样生气，如果这是一张简单的字条？好，这是简单的字条，我并不要争论这个，我仅仅说我觉着奇怪：你通通都向我说，而关于这封信一点儿也没有提起，所以我问起了你。"

"我生了气，是因为你说话的神气，又猜疑到了什么似的。并且我向你说，时时刻刻向你报告一切，那是不可能的事情。"谢尔格说着，觉得不必说这些话。但是柳德米娜延长了谈话，使得他不能去通知爱玛，说他因为意外的会议，不能同她到戏院去，这的确使他发起火来。

"啊哈，是这么一回事！……"柳德米娜说，脸白起来了，"原来是不能将一切的话都说出来吗？"

"我并不是如你那样的意思说'不能'！"

"是什么意思呢?"柳德米娜问。

谢尔格因为生了气,又想到爱玛在等着他,弄得糊涂起来了,忘记了他所说的意思。他想立起身来走出门去,但无口实可借——香烟既然有了,而别的口实当然一时想不出来。

"既然如此,那么当我享乐于我们推诚相待的时候,你却没把一切的话说出来吧?……"

"唉,你又麻烦起来了!"谢尔格说完这话,不知再向她说什么话为好。

柳德米娜暗自想,既然他回答不出所说的话是什么意思,可见得他有不可告人的事情。他可以直爽地将这封信给她看看,而他不知为着何故,偏偏没有给她看……

谈话很勉强地中止了。眼见得她保留着印象,以为这封信有什么花头在里面。

如果猜疑没有十分凭真凭实据的时候,如对于这一封信一样,那么总有一点儿微微的"根据",对此应当谨慎从事,不必再争论下去。

于是他们的真实便转入到很精细的政策了。他们只得先计算一下,在一种什么情状之下,可以算是真实的。这种关系的结果是,他们宛如两个敌对的兵士一样,虽然谈着话,但是在他们的靴筒内藏着刀,他们很仔细地互相监视着。

谢尔格心动了一下,忽然想着:他们的真实不是单方面的吗?谈话时,总是她向他问些什么,而他不问她……他关于她知道一些什么呢?等于一点儿都不知道。他知道的仅仅是她关于自己所说的话。他怎样能知道她与白赫的关系是怎样的呢?能够如他相信她的样子,相信她的话吗?他自己有时不得已也只得撒谎呢。……

这一种思想刺动了他,他走入了别间房子,佯作寻找铅笔的样子。

"既然这种真实是单方面的,那她并不是这样纯洁,也许,她……"谢尔格不禁这样想着,"也许他的真实只是利于她侦探他而已。"她当然好利用着他的完全的真实，为着能知道他的一举一动。"这是怎样混账的思想啊！我不应当有这样的思想！"他自对自地说完这话，便走入柳德米娜坐着的房间来。

她没有看见谢尔格走来，坐在谢尔格书桌子旁边的椅角上，眼见得她从长靠椅跳到这儿来，为着要一听见他的脚步，便又向长靠椅坐转夹。她一手拿着这一个女人笔迹的信封，一手急忙地，如小偷一般地，在桌子上乱翻着。一看见了她身后边的谢尔格，不禁白了脸叫了一声，这样，信封仍留在她的手里。

"没有来得及吗？……"谢尔格残酷地笑了起来，说完话，便拿起帽子走出门去了。

# 三三

柳德米娜惶恐地见到他们的关系又破裂了，一种什么命运注定的力量将他俩越分越远。

从那一天晚上起，对于她的那种可怕的分歧，便很快地走入完成的地步。

这是谢尔格要为俱乐部写报告的那一天晚上。谢尔格看见青年们把俱乐部装修好了，便都如无事可做似的，想再将他们振作起来，但又不知做法。

他们原已做了一个向前的伟大的步骤了：他们工作了不是为着自己，而是为着大家。在这一种工作里，完全没有面包的背影，并没具着赚钱的目的。他们学会了不服从单独个人的命令，而服从集体的意志。

但是集体的意志究竟不能产生满足各个人的生活的物事。因为这种物事只有每一个人的本性才能产生出来，而集体却不能知道每一个人的本性所要求的是什么，因此也就不能在每一个人的身上创造出一种连续的活动。

谢尔格感觉到完全的无力，没有再做一些什么的可能性。如果要开始向大家说起这种事情，那便形成了枯燥无味的哲学、讨厌的说明了。

但是他究竟要想写一篇题为"认识"的报告，向大家读一读。他知道，就算他在报告中所包括的思想能够感动一两个人，那也就算是很好的成绩了。明白他所说的一切，也许很多的人们都能够。每一个受过教育的知识者可以明白一切。但是谢尔格没有决心向任何一个受过教育的人，述说自己的思想。在他的纸簿里，他写了关于这个问题的一种思想：

"当一个人不用智力去了解真理，而用自己的本性所已具有的真理的源泉去了解真理时，那他将领受真理如同自身的物事，如同新的阶段。"

这些受过教育的知识者，能够谈天说地，能够将未受过有系统的教育的谢尔格盘诘得不能张口。但是他们所有的知识完全不是那么一回事。"哲人永远不是学者，而学者永远不是哲人"，谢尔格记起来了他什么时候读了这两句话。受过教育的人能够知道一切，但不知道最重要的一件：他用着什么生活呢？

谢尔格决意从自己的笔记上，择出一些关于认识的思想，这思想是活动的第一个步骤。

但是谢尔格觉察到很奇怪的事情：在别人面前，他可以好好地自由地工作，而当在房间内坐着一个亲密的人时，那他的思想所走的完全是别一条路线，如同被什么东西所束缚着了似的。除此而外，他的思想的源流也停滞着了，先前思想来时，写都写不及，而现在就是想写也没有。

他记得，当他一个人过生活时，若他很久不与人们谈起自己的重要的思想来，那他便发生一种将这些思想表明出来的欲望，似乎不说出便不愉快似的。现在当他和一个最亲近的人过着生活，这一种表明的要求却消逝了。

谢尔格在那一封信的历史之后，向柳德米娜说明以上的情状，并说他想试一试在俱乐部住三天，那里有一间单房，他可以工作而且可以歇宿。

柳德米娜停着不食，一言不发地坐着，将面包捏成小球，后来说道：

"我一点儿都不怪你，而且予你同意。你所说的一切，通通都是对的。但是在我们的关系上，一步一步地逐渐走向分离的途上，你觉察到了吗？……仅仅当我不在你跟前时，你才能向前去。你明白你向我说着这件是怎样可怕的事情吗？我曾想，我将做你的必要的帮助者……"

她苦笑了一下。

"但是你本来予我同意，说我是对的啊。不可老是在一起过着，应有暂时分居一下的必要。"

"我同意了……"她低微地回答道。

"可是同时你又说这些话。这是什么逻辑呢？"

"逻辑总在那没有爱情的地方，我已经向你说过了这个，"柳德米娜还用着先前的语气说，不向谢尔格望，"我不明白，什么使你这样不安顿。我本来不妨阻你，你愿怎样做就怎样做，不过我向你提起，从前爱情存在的时候，你从不要离开我，你总是倾向于我。而现在……"柳德米娜笑了一下，摆了一摆手，"现在你需要离开我，'休息'一下。"

她的眼睛内已起了泪潮。她沉默下来，坐着不动，定睛望着前面，如木偶一般。当董娘走进来收拾碗碟时，她迅速地用手帕将眼揩了一揩，又坐着不动。

"一切，一切，亲爱的，走向一条路……"末了她立起身来说道，"男人需要女人的灵魂，不过是很短的期限，而也许这对于他完全是不需要的。他，得着了他所需要的东西，便又趋向着离开它。他不分皂白，不论什么女人……世界上女人们是很多的。眼见得先要习惯于那些思想，就是你的命运——永远孤单而已。你们消灭了世间最宝贵的、最微妙的东西，爱情……"

"谁个——我们吗？"

"你们，新的一代人，现在是彰明较著地做着这桩事情。女人所保留着的权利，只是卑屈地寻找爱情的可怜的碎末而已。总是欺瞒自己，可是也总是立在那巨大的可怕的孤单面前……现在所让步的地方，从前是无论如何不会让步的。因为从前她知道在她身上有巨大的价值、巨大的宝库。可是现在……"柳德米娜很轻蔑地耸一耸肩，"宝库谁个也不需要的，于是她便如失业的女伶一样，应当高兴，如果请她登台，就是扮演一季也可以。"

"你总是经常地说着爱情，如同说什么崇高的东西一样，可是不久以前，爱情对于我却成了别的东西。"

"从什么时候？"柳德米娜问，忽然她的面容恐怖起来，很担心地等着他的回答。

"从那一封信的历史起。"谢尔格说。

"啊哈，这个……"柳德米娜说着，神情轻松了一点儿，眼见得谢尔格的答复不如她所想的那样。她逼视着谢尔格，说道："是的，我做了这事，并不引以为羞的。我保障我自己的幸福。当还可以奋斗的时候，我还要为着它而奋斗。但是，如果我看见奋斗没有什么效果时，那我自己……离开……"

"用这种方法来奋斗吗？"谢尔格问。

"是的，用这种方法。"她严肃地回答着说。

"这么一来，我可以用这种方法奋斗吗？"

"……你同什么奋斗呢？"柳德米娜问，很尖锐地看着谢尔格。

"同你……"谢尔格说。

于是他拿起帽子，便往俱乐部去了。

晚上当他刚坐下工作的当儿，柳德米娜打来了电话。

她大概是在一种神经昏乱的、烦恼的状态之中。

"你向我说了那么可怕的东西，你以为可以留在俱乐部里吗？"

"啊，我的天哪！"谢尔格想着，"一分钟安静的时间都没有！"他于是简短而坚决地说道：

"我已经开始工作了，只能当我将工作完毕时才能回来。"

"啊哈，这样吗？好吧……"

听筒很响亮地打在电话机上。

# 三四

　　在俱乐部里，大家向谢尔格说，拉波达又弄得鬼神都不安起来。

　　"又捣乱起来了吗？"谢尔格问。

　　"更要坏呢。他努力消灭捣乱的现象，可是……"哲学家说。

　　原来拉波达为着什么一点儿小事情，如同地板上摔香烟屑之类，便举起拳头来打人，或牵起领子来将人赶出门去。这么一来，闹得更没有秩序了。

　　"是的，他不是那样办法，"谢尔格说，"但是要紧的是在于已经有了一点儿结果了。"

　　于是他笑了一笑，便走到楼上去。

　　谢尔格晚间一个人留在俱乐部里，当写起报告来，已经是很晚了。他忽然感觉到在他的身上开了一个向着世界的窗户，他能够自由地呼吸它的空气。那一种经常紧张的不安静的心境消逝了，他感受到异常轻松。

　　报告的大意是取自他的笔记。他归纳自己根本的思想如下：

"我们这个世纪的人，历史必然地走向这一条路上来，就是从奴隶的状态解放出来，而自己变成主人。"

"当他能明了他应当从初源，即他的本性（我们权且如此称呼），取得活动的力量，而不是从那别个人的意志，那时他才可以成为主人。"

"人人都有自己的本性。人若将自身上的本性开展出来，如开展活动的源泉一样，便能开始过着超于狭小的个性而外的生活，他便能与社会的整体连接起来。"

"因此，他首先应寻找那一种能引他认识自身上本性的知识。他应当学会分辨，什么与他有关系，什么与他是没有关系的。"

"只要人开始分辨世界上什么东西是为着他的，即什么东西对于他的活动是有关系的，这就是说他找到了自己的根本。从这时起，他的'生命'——照着这两个字的崇高的意义——才可以说是开始了。"

"只要人一找到了自己的根本，那在他身上即组成了一个重心，这重心将吸引一切为他活动所必要的东西。"

"从这时起，他取得自己的活动，而不如以前那样只形成一种劳力而已。"

谢尔格知道，每个人都能明白这些意思，但是明白它们是为着自己的，能在他的思想里听出自己的声音来，那只有很少数的单位了。那些与这些思想没有任何关系的人们，只会谈理论的人们，将要向他大辩论起来，反对他的意见。

在俱乐部，这些思想引起了热烈的辩论。哲学家暗笑着，静听着他，常常在自己的小纸本上记写些什么。

后来哲学家说道：

"同志们，这是很危险的玩意儿，这是向个人主义的转变。这是什么自我改善的学说，为什么一个人不应当取得那与他没有关系的什么呢？这不是说，每一个人都缩起头来，不去做一点儿公众的物事吗？"

谢尔格静听着哲学家大发议论，当哲学家兴奋地望着听众，抖抖蓬松的头发，坐下之后，谢尔格说道：

"我在此听着一种很合理的，并且很健全的惊惶。实在说，没有什么对于我们还危险些，如果每一个人都开始沉迷于自己的个性，干一些什么精神上自我改善的玩意儿。这对于我们是不相宜的。但是个人主义的实质，是在于将自己的个性从社会的整体隔开，是在于离开社会而走入自己的个性；而我向你们说的，是怎样征服自己的个性，是怎样撕破个性的狭笼，使个性与社会的整体连接起来。

我说，人应当获取便得更为明了的知识，使他能够看见他所需要的是什么，生活所给予他的是什么，而不要只向别人的手望着，受着别人意志的指挥。

旧世界的人的特点，是在于他的活动的源泉总是在他自身之外：知识和事业在他面前现成地摆着。只有很少的单位会撇开'别人的手'，而直接向伟大的源泉——人的天性——去追求，于是他们总是创造新的事业，开始新的环境。

当我还是小孩子的时候，我就带着一本纸簿，在这纸簿上面写着我自己的思想。这些牵引着我，使我看见现代的人立在生活的新道路之前。现在我看见，历史自身写着新的牌示。人将不得已地照着新的方式思想，照着新的方式认识，照着新的方式了解物事。他将了解思想如了解物事一样，并不如学院式的思考而已。

当我们为着保障新生活的组织充当兵士的时候，那时我们为自己夺得了生活和工作的原野。现在我们既得了这个原野，我们之中每一个都应问问自己：'你不仅仅为着自身的滋养，而且为着大家庭的发展，即为着全人类的发展，你能在这个原野上栽种些什么呢？'在这种思想上，说是有个人主义的存在，这不是活见鬼吗？"

# 三五

　　谢尔格仅在十一点钟的辰光走出俱乐部。

　　在那一封信的事情发生之后，谢尔格发现了，所谓"真实"并不服务于崇高的目的，而所服务的完全是别一回事。因此，他感觉到他对于柳德米娜抱着真实态度的义务，是从肩头落下了。由此离完全的破裂还很远，但是他又新起了气愤的感觉，他感觉柳德米娜如一个永远的侦探一样。为着要避免长时间的谈话，他已经不向她开诚布公，而时常说些假话。但是他自己也没觉察到他是怎样地走到这种状况，虚伪变成了他与柳德米娜共同生活的基础。一次欺骗自然要引起另一次来。他应当时时刻刻记着，在先他向她说了什么，后来不要露出马脚来。

　　在每一次出门和分手之前，要先预备一下。为着要在相当的时间来家，只得要放匆忙一点儿，不能延迟。例如，如果他说到戏院去，而却到别的地方去了，那他便要在闭幕半小时以后的辰光回来，不得再迟一点儿，这样才能使虚伪像煞真实。既然开始了这种关系，似乎即刻大家要撒手才好，但是奇怪得很，并没有想到这一层。这是因为没有遇着一次公开的冲突，没有发泄积蓄的机会。于是他的这种充满着虚伪和厌恶的生活继续下去，如同在这种情形之下在成千的家庭中所经过的一样。

他仅仅在这一种情绪之下，找到自己的虚伪之肯定，宛然他领得了如此去做的权利。在实际上，自然就此分离好些，但是当破裂还未临到的时候，那他便有欺骗的权利。柳德米娜想在道德上、精神上将他束缚住，想利用他的真实而侦察他，因此他也就可以用虚伪来报答她。于是他从崇高的对于这个女人的义务解放出来，便向她不说出一句真情话。对她的虚伪可以给他自己以真实，可以给他做人的可能性。

谢尔格现在觉得，她的非常的爱情，她的到处要和他一起的愿望，这只是她自身缺乏生活力的结果。她总是经常需要着一个什么人，这个人好充满着她的生活，因为她自己不能充满自己。在这种情状之下，什么教育也不能帮助她。

实际说来，她本是一个很有教养的人，她对于音乐、绘画、文学，较他要知道多些。但是一切这些都不能给她以内部的独立的活动。就是她的工作也没给了她这个。工作对于她不过是混饭吃的方法而已。当她一个人留下，她便对自己无事可做了。

因此，自然她仅仅在别人之下才能生活着，她的生活仅在为谁个所需要时才有可能。她愈为别人所需要，那她便愈感觉到在自己生活中的价值与意味。由此她趋向着非常的爱情，趋向着要和别人的灵魂融合起来。她以此购买自己生存的意义。当她一知道她不为人所需要，一知道她所托付着全部希望的人不爱她了，那她便觉得失了生活的意义，因此这件事情对于她也就成了无可比拟的、巨大的、生命的恐怖了。

谢尔格走出俱乐部，想直向家里走来，因为他记起来了柳德米娜打电话与他时的声调："啊哈，这样吗？好吧……"

在这种口气里隐着一种威下。如果他将她这样一直留在家里而不问一下，说不定她向自己要做出什么可怕的事情。

但是在自己街道的转角上，他遇着了爱玛。

他们现在时常会遇着。谢尔格时常到她的家里。他从没有一个发生过关系的女人，柳德米娜大概也如是想。他可以与爱玛发生关系，因为他们相互的感情甚好。但是他们俩的感情不合时地停在这一点上，因此他们俩不过是很好的朋友而已。他们俩知道随时有结合的可能，但是两人喜欢这一种同志的关系，也就以此为满足了。

因为他们俩相互地谁也不需要谁，所以在他们之间存在着完全的真实。他们俩相互地告诉关于自己的事情，谁也不怕什么吃醋、生气及一切不愉快的争辩。

"到我家里去好吗？"爱玛说。

谢尔格听见了她的提议，不禁想到如何向柳德米娜撒谎，如果他走向爱玛家里去。柳德米娜大概在家里已经等着他呢。

谢尔格习惯于到爱玛家里去，因为在那里他觉得是很自由的。

"要吃茶吗？"爱玛问。

"也好。"谢尔格说。

爱玛将帽子摔到床上，走向厨房去拿茶。谢尔格听见她在走廊里双膝碰着了邻居放在那儿的箱子，当她走进房内来的时候，她一手拿着茶壶，一手还摸着膝头呢。

"唉，真是活见鬼，我每天都要把自己身上哪一块地方碰青了才算数。"她笑着说。

"当我第一次看见了你，在你身上我即刻欢喜了什么，你知道吗？"

"什么呢？"爱玛问。

"当你笑的时候，你总是皱着鼻头，这是为我所欢喜的。"

"咦，胡说八道。"

她将茶预备好了。她将茶壶盖掀开时，烫了手，用口吹了一下，便向谢尔格并排坐下，扯一扯膝头上的短裙子。

他们开始饮起茶来，后来谢尔格说道：

"和你在一起，我觉着自己很畅快。现在这对于我尤其是必要的。

我现在的生活有点儿不大平安呢。"

于是他述说了他近来所感受的一切。

"而你没有想到离婚的事情吗?"

"也曾想到。但是我很可怜她呢。我觉得,如果这样做去,那她将失去一切生活的意味,因为她对我的爱情是无边境的。同时我又觉得我自己不对,我没有这样的爱情。我什么时候都不曾有过。"

"你也不应当有它啊。"爱玛说,"我从来也是没有过它的。"她微笑起来了。"如果我'爱'一个人,这是说我同他在一块儿觉着很好。当他离开了我,这一种好的东西还保留在我的心里,可是我绝不眷恋于他。女人现在或者应当改造自己的心理,或者应当死去。"

"什么东西使一个女人一定要倾向于一个男人呢?难道说这真是什么崇高的东西吗?这真是巨大的价值吗?我很记得她向我所说的话:纵让我的心灵是不洁的,但只要是她的,而不是别人的,这也无妨。她宝贵我的是什么东西呢?"

"什么……这将怎样说出呢?难道说你不知道女人可以爱上强盗、小偷、杀人犯吗?她是什么人都可以爱的。这是什么?价值吗?"

"顶糟糕的是,只要为着别人反对自己撒谎了一次,那便接二连三地要撒起谎来,没有办法。当你要我进来坐一下时,我先想到向她说些什么,免得发生岔子。因为在此以前,我同她曾有过一番的故事。你听了这话,或以为是很可笑的,可是我却很郑重地告诉你这件事。"

爱玛没有发笑,只点一点头。

"这么一来,在你面前每一分钟都摆着一个问题:看重自己的道路,还是看重那异常爱你的人呢?我记得,在有一次很严厉的吵闹之后,她以为我睡着了,轻轻地拿着毯子将我盖上。你看,一方面使得你绝不会忘情,一方面又使你觉得她的压迫,她想用自己的爱来占领你,使你与全世界隔离。你看这是怎样可怕的事情!怎样解决呢?"

"等着,如果时候到了,你自然就解决了。"爱玛沉思着说,"我也遇着过同样的事情。如果你还有点儿动摇，那最好还是不解决。等着什么时候你的动摇倾向于哪一方面。如果时候到了，那你便忘记一切，把怜悯也忘记了。我是忘记掉了的。也许我是犹太人，我们犹太人比你们要坚强一点儿。"

谢尔格看一看，已经是十二点钟了。

"好，我们就等一等，而现在我可是要回去了。已经十二点钟了。"

"我们到苏娘那儿去玩一玩好吗?"爱玛说，"她和母亲在避暑别墅住着，我们可以在礼拜六去。"

"好，就是这样吧。"谢尔格说。

# 三六

　　谢尔格自爱玛家出来，在城市的挂钟上看见已经是一点半钟了，他的表慢了一点儿。因此，他便很快地走回家来，计算十分钟他就可以到家。他到家时是十二点四十分了。这不算得怎样晚，他可以说在路上走到同志家里坐了一会儿。

　　他即刻从侧面看见了自己：一个成年的人，经过无数战争的战士，现在却计算每一分钟的时间，生怕回家来迟慢了一点儿，并放起快的脚步跑着，心中踌躇着回家时向老婆说一些什么话。

　　一方面，这是很可夸奖的：急于回家，好不令老婆在家里等着。但是在另一方面，他从旁边看着自己的形象，究竟觉得有点儿惭愧。

　　如他这样情状的，大概不只他一个人，有许多家庭的父亲，在国内战争时曾做过英雄的人们，这时间回来，也要看着表，加快着脚步，想着如何向老婆报告晚的原因。

　　但是当谢尔格走回家时，柳德米娜却不在家里。

　　他首先轻松地舒了一口气，庆幸自己先到了家，不要再想如何向柳

178

德米娜报告了。他可以说，从十点钟起他就在家里。

但是她能够到什么地方去呢？莫非做了可怕的事情？当她放下电话筒时原是说了威吓的话……但他在她的床铺上看见散乱着的衣裳，眼见得她更换了衣裳了。在烟灰盒里放着别人的烟头。这是白赫的。眼见得她将他叫来，同他一块儿走出去了。

什么字条也没留下。

桌上摆有晚餐。但谢尔格不预备动它，为着要表示他等着她来一道儿吃，不想一个人向桌子坐下，如她平常所做的一样。他将向她说，他整整等了她三点钟，一点儿也没有动口。这对于他是很容易做到的，因为他在爱玛处吃过茶。

谢尔格还拿起棋子来，将它们散乱了一桌子，并放几个在棋板上，好表示他在家里坐了一晚了，并解决了几个着棋的难问题。

于是他即刻又向自己望了一望：他弄到了什么地步?!……他做了什么广告，好表明他先回了家来。

如果他不撒谎吧，那将更要糟糕起来，因为那时又要忍受长时间的谈话，又要纠缠不清，弄到哭泣起来才算数。如果这是冬天，那她又要将窗门开开，故意玩着使得自己冻成病的把戏，虽然她从没有一次冻病过，或真自杀过，可是谢尔格每一次总是有点儿怕她莫不真要弄出可怕的事情来。他时常因之不睡觉，总是在两种心境的争斗中：走向前去安慰安慰她，还是因执着毫不屈服，一点儿都不理她呢？

他每当到朋友家里去，一定先要想一想柳德米娜会对此抱着什么态度，否则他便不能去。当他在人群中和她在一道儿，那他便总觉着自己是受着约束似的，他不能直爽地开起心来，因为她坐在一边，静听着他所说的一切。并且他还要不时走向她的跟前去，好借此表明他虽然开心乐意，可是他从不忘记她。她总是望着他饮了多少酒，一到了第二杯之后，她便开始停住他，于是他只得难为情地微笑着，同时他却气恼着，恨她如恨女监督一样。

如果他开始觉得高兴开起玩笑来，那她便要提心吊胆起来，生怕他说出什么愚蠢的话，或做出什么不好看的事来，要使她因之而红脸。

无论到什么地方，总是要受她的监督，这真是使他气恼的事情。宛如他，一个成年的大人，没有管理自身的权利。

这是怎么一回事，她是一个特别善妒的、失了常态的女人吗？不是的。她是一个通常的女人。可是她将全心灵献给他，同时她向他要求同样的报答。

因为这个爱情，他围于一个狭小的笼里，仅仅在和她大冲突的长时间内，他可以脱走出来。若他俩相互的协和日见增加，那他的社会的作用便日渐减少。他大部分的力量都消耗在她的身上了。但是于她的本质，于她的发展，一点儿没有促进，只不过是和她闲坐着而已。在事实上，如果算一算，唉，在和她谈话、争吵、辩论和讲和上面，该消耗了多少时间啊！在和好了之后，一定还要相当的时间去安慰她。本来在一声"宽恕"之后，如何便能向着桌子坐下，把背朝着她，拿起书来读呢？

本来可以说他想领取生活的快乐，可是不想为着这个给出一点儿什么酬报。

为什么一定要酬报呢？难道说那个时候——女人不但在物质上不做被供给者，而且在精神上也不做被供给者——那个时候就永不能来到吗？

这个时候终于是要来到的。也许这个对于女人是需要很大的代价的，但是旧路的回转是没有的。

他和这个文明的、真诚爱他的女人一块儿生活，给了他一些什么呢？

他经过她领略了文化。但是她的文化在于什么地方呢？在于白桌布？在于同她一道儿走路的时候向女人们让路？在于知道绘画、音乐，或是在于讲究漂亮的时髦的衣装？……

是的，这是他从她身上所领取的一切。

但是，如果一注意到他对此所付的代价，这是不是太过于昂贵了呢？

他将一个整个的自己付与了这个作为代价。这不因为他爱她，而是因为她爱他，因为在这种爱情上，对于她，是生命意义的所在。只要他向她完全一让步，那她便用圆满的爱情将他全身吞将下去。

"要能够完全发展，只得将别的排挤"，这是残酷的真理。或者他应当将她排挤，或者她应当将他排挤。两个人在一道儿完满地生活着，那是不能够的事情。他们生活倾向的原则完全是相反的。

一是旧的原则，一是新的原则。

他第一次很尖锐地起了一种思想：这个女人的实质到底是怎样？她的生活倾向的原则又是怎样呢？

他开始一层一层地分析她的特性。

自然，第一个她的特性，那就是不凭借自己的力量，而凭借别人的力量生活着。因此，她仿佛是不利己的：她想不为着自己而为着别人，她所爱的人，生活着。她仅仅愿意做一个帮手，做一个别人事业的参加者，因为她没有自己的事业。但是她觉着幸福，只要在她所爱的人的全心灵是属于她的时候。她的圆满的幸福是与她的爱人的"圆满的停止"相并行着的。她献身于爱情，为着爱情，她可以消灭自己的个性，同时她也就以此来支持她的生命。

她绝对不能单独地生活着。她总是需要着别一个人，她好在他的身上寄生着。她喜欢将自己的灵魂完全献给别人，这也许是因为……因为她自己对它无事可做吧？但是她由此所要取得的太过于贵重了。她将自己的灵魂给别人，可是她也要别人的灵魂给她，并且她所选择的是比较巨大些的灵魂呢。

这一种崇高的爱情上的利他主义，为一切诗人们所歌颂着的，若归根结底地说起来，不就是最巨大的，个人无能而吮取别人脂膏的利己主义吗？

她需要他的价值如一真正的价值吗？她自己本来说过："只要是我的而不是别人的，那就是不洁的也无妨。"对此问题将怎样解释呢？

谁个猜度到这个？猜度到这个，那岂不是太可怕的事吗？因为那时将不能再生活下去了啊！所谓利他主义的、牺牲自我的爱情，原来是那样可怕的空虚！他以为她从许多人之中将他选择出来，这是她视他为唯一的、不可多得的价值。而对于她却原来是一样，"只要是我的而不是别人的，那就是不洁的也无妨"。这是从何说起呢？她在他身上所贵重的是什么东西呢？

或者那个唯一的、引诱她爱他的东西，没有任何的价值吧？或者她爱他仅仅是因为他的头发有着特殊的气味，与别人有些不同？那时将怎样呢？

这不是说他因为自己头发的气味，牺牲了在自己身上所有着的最大的东西吗？……

谢尔格想不集中于这些可诅咒的思想上，但是他不能够。

在一切上面，通通都布满着不可调和的冲突。

如果对于她，在生活中重要的是在于可以过着别人的生活，则对于他却相反了：他要过着自己的生活，努力自己的活动。

她总是倾向于家庭，倾向于狭小的窝巢；而他与她相反，总是倾向于超出家庭的范围，倾向于世界的空间，倾向于人群。

对于她，那宗教、道德及一切规定了的现象，是已成的舟木，是在她之前已经存在着的，因此她对于这些东西没有什么个人的判断。

对于他呢，那所谓道德、分别善恶的标准，存在于他的活动里：凡是促他前进执行本性的规律的，那便是道德的；凡是阻碍他的活动，减少他的事业的，那便是不道德的。

对于她，他与她生理上的接触，是道德的、无可非议的事情；而与任何个别的女子接触，那便是有罪的、可怕的、卑鄙的行为。

　　可是对于他呢，婚姻，即将整个的心灵付给一个人，而不付给全世界，那是毫无疑义的不道德的事情，因为这个要减少他的活动，这个要强制他背叛自己，这个要使他为着一个人失去全世界。

　　于是谢尔格又想到，破坏了并继续从事破坏旧制度的人，现在不可避免地立在新的牌示之前，在这个新的牌示上面，应写着完全不同的别的格言：道德的格言，认识的格言，活动的格言。

　　历史的趋势强制人不在既成的规定的现象中去求指导，而要在那走向全人类大家庭的路上，顺着那本性的规律去求指导。

# 三七

柳德米娜走回家来，已经是两点半的辰光了。

"你在什么地方耽搁得这样久呢？"谢尔格问。

她看见了他，立在他的面前，刁耀着两只大的狂热病的眼睛。停一会儿她很快地将大衣与帽子脱下，走至他的身前。她穿着精致的碧绿的衣裳，腰间的围带上结着一个紫罗兰的花球。

"我在叶林娜那里……"她差不多令人听不出声音，这样轻轻地回答着说。她斜着眼睛望着他。

"你是怎样奇怪？"谢尔格说。

"是的，我是奇怪的。"柳德米娜重述着说。

在她身上轻轻地闻着一种什么美酒的气味。

忽然她用手掩起面子来，停一会儿，将手往上移动一点儿，用手指紧紧抓着头，宛如要将头盖抓破似的。

"我想习惯于服药……"她女害热病的样子说道，"你知道一切的药品都是讨厌的。这对于我尤其讨厌，但是我要做一做。我可以养成习惯。我应当医治一下我的死症，由于爱你的死症，由于爱你而得的死症。你懂得这个吗？懂得吗？不，你不懂得这是什么一回事。你不懂得。或者因此你是一个很幸福的人。我好不好呢？啊？但是这对于你是不值得什么的。这是为你所不需要的。别人为着要拜倒在我的膝下，可以顺着破玻璃爬上来。但是这是为你所不需要的。为着要使你需要，那应当怎样做呢？什么？你说!"

她的睁大的、闪着光芒的眼睛更为逼近他。"我可以挖去我的眼睛，交出我所有的美丽，只要这个为你所需要，只要你能把我当成世界上最贵重的人。我都可以做到。哦，我的亲爱的……我可以将我的一颗心扯给你。但是你不需要它，"她苦笑着添说道，"你不需要它……你什么时候曾尝受过这样的爱情吗？"

她重新用手使劲地将头抱起来。

谢尔格立在她的面前不做声响，略眯着眼睛望着她。

"是的，如果你不需要这个，那我就试医治一下。我试践踏，诅咒我身上所有的神圣的东西。（她的面容略一现仓皇之色。）我已经做到这一层，而且继续做将下去。到什么时候失去了感觉，那时我便停止了。我应当什么也感觉不着！那时我在你的身旁可以抱着一颗僵硬了的心生活着。那时它将不跳动了，将不如现在一样，不要看我已经用了药……你试一试吧! ……"

她粗暴地握起他的大手，放到自己的心上。她异常蛮野地握着他的手，宛如她要把它藏到自己的身内一样。

"当我完全僵硬了，那时我可以心平气和地看着你，看着你离开我而走向别人，走向全世界，那时你将无忧无虑了! 我本来知道你所愿望的是什么。我是聪明人。我那时将不妨阻你了。你将成为很自由的……你将成为幸福的人。那时你将没有绊脚石，那无时无地都要与你在一块儿的，以你的生活为生活的绊脚石。啊，可诅咒的绊脚石! 它是如何妨碍你的活动，你是如何仇视它! 我是怎样仇视，仇视你的这个……"

她说了半句忽然停住了，好像她自己为她所要说的话所惊吓了的样子。

"但是没有什么，我是一个有力量的人！我曾为你而生活着，而现在我将为你而死亡，免得妨阻你。死亡的过程当然是讨厌的，但是可以将它忍耐住。……啊，我有很大的热度，它可以帮助我。"

她忽然停住了。由于太过于兴奋了，她如发了狂热病似的战抖着，她的眼睛如星一般闪射着异常的光芒。

"如果！……"

她说了这两个字，忽然翻一翻眼睛，停住不说下去，略将头往后仰一下，逼视着谢尔格的眼睛，向他微笑，在这个微笑里显露着什么奇怪的、诱惑的、疯狂的神气。

"……如果是……"她扶着他的肩膀，将闪着怪异的光芒的眼睛挪近他，神秘地、低微地重新说道，"如果你说……我将贵重于你的一切，那我便挽回一切来！一切！我交给你一切，这对于我是伟大的、不可言喻的幸福，我的亲爱的！我匍匐在你的脚下，使它们不染尘埃。我将成为你的奴隶，你的最后的一个奴隶。仅仅要在众人之前，我是你的第一个。愿意吗？……"她将头贴近他，这样轻轻地问道。

谢尔格立着不动，逼视着她的眼睛，略微笑了一笑，说道：

"……你的要求太贵重了……"

柳德米娜推开他的肩膀，说道：

"好，就这样吧……就这样……你不愿意……你不愿意爬过破的玻璃……好，我是可以对付我自己的。"

她一瞬间张着燃烧着的眼睛向他望着，停一会儿她抓住了他的肩膀，拼命地向他紧贴着，宛如她要留一个与他亲近的永远的纪念下来。后来她将他推开了，用手掩住了面孔，向自己的房间里奔去。

# 三八

　　谢尔格记得，当他第二天早晨起来的时候，家里却没有了柳德米娜的影子。董娘说，她已经上工去了。

　　谢尔格便也去上工去，在院内他看见前面走着的彼得鲁亨。那人走到巷门口一定的地方，这地方为谢尔格所已经知道的，便回头瞅一瞅自己房间的窗口，如同知道有人在那里看着他似的。

　　谢尔格也就莫名其妙地瞅了一下，看见了一个黄头发的女子，她倚着窗口立着，在玻璃上写了一个什么为彼得鲁亨所明白的温柔的字。

　　谢尔格赶上了彼得鲁亨，同他握了手（在这时他已给了那女人一个记号，表示他读了她所写的东西），向他说道：

　　"这是怎么一回事，我们并排地挨着住了半年，而总是会不着面。"

　　"是的，"彼得鲁亨涨红了脸，回答道，"我总是为工作所忙碌着了，弄得没有闲空。"

　　"我也是这样。"谢尔格说。

　　谢尔格在路上想起昨晚的事情。她所说的药品是指着什么呢？她指说着什么破的玻璃？她暗指着谁个而言呢？奇怪得很！昨晚上他对她丝毫没起怜悯的心情。这或者就是爱玛所说的那么一回事吧？

也许这是自我保护的本能在他的身上苏醒了，因之它消灭了这种怜悯的心情？也许"女人的爱情贵重些呢，还是自己的道路贵重些"？这个问题自己自然然地走到了解决的时候？

为什么她有意先走出去，不与他见面呢？这是表明在昨晚的一幕剧景之后，她已经决定不再企图什么了吗？

想着这个，他已经来到办事处的走廊，就在这个当儿，有一个同事停住了他，说道：

"马麻也夫同志，你的夫人在办公室里坐着等你呢。"

谢尔格诧异起来了。他觉得卯德米娜先他而出，又先他走到他的办公室里，这的确是很奇怪的事情。这又在耍什么脾气呢？他想到即刻要发生什么不快的事情，便觉得异常懊丧。

但是将办公室的门一推开，他不自主地往后退了一步。

在办公室里，在当中的一把椅子上，背朝着门，面朝着他的写字台，坐着他的第一个老婆格鲁莎。他虽然同她离婚了，可是他没有见到她的面。

她头上蒙着绣花的白巾，打扮得如同当她过节或进教堂的时候一样。她的面孔显得更为白些，那白的睫毛及那在颈项的白斑点也显得更为特殊些。

她放在膝头上的手中握着一块手帕，眼见得这里面裹着钱币。

她始而用着那无希望的等待的神情望着他，就同望着一个进来与她没有关系的人一样，但是突然她的面孔及她的全身战抖了一下。不立起身来，而仅在椅子上扭一扭身子，她定睛地向谢尔格望着。

他不知道如何待她，向她说什么话为好。他不知道理应怎样问候她，很难为情地走近她的跟前。格鲁莎忽然立起身来，迅速地、简单而坚决地将他的颈子用手搂抱起来，用着乡间那种不会接吻的方式，紧闭着嘴唇吻了他一会儿。忽然她的头俯倒在他的胸部，很可怜地抽动着肩膀，嘤嘤地哭起来了。

后来，她似乎对自己的眼泪有点儿羞赧起来，放下谢尔格，又向靠背椅子坐下，她坐着的姿势还如先前一样，是很拘束的。她的背离开椅子的靠背很远。

她用着泪盈盈的眼睛望着谢尔格，用手帕掩着颤动的嘴唇。在她的粗糙的、被日光晒黑了的手上，还戴着他们俩结婚的铜戒指。停一会儿，压抑住难过的心情，忍一忍眼泪，格鲁莎勉强微笑着说道：

"唉，你……你做了什么勾当啊？……"

好像这个微笑使得她太吃力了，她终于忍受不住，将头伏倒在桌上，抽动着肩膀，又放声痛哭起来了。

"得了，你，干什么……难道说……"他自己也不知道要用这些话表示什么意思。

格鲁莎哭得很久，后来稍微平一平气，从桌上抬起头来。但是，很显然，她又起了一种什么很苦恼的思想，重新用手帕将面孔掩着，一面使劲握着谢尔格的手不放。

"得了，格鲁莎，我的鸽子，平一平气吧……"谢尔格说。

"这是上帝引我们这样遇着了。我现在将干什么呢？……公公和婆婆也许可以忍受下去，只要我能工作……唉，我到底怎么办呢！……"

她忽然用手帕使劲压一压眼睛，仿佛要将无用的、苦恼的泪水停住似的。停一会儿，她将手帕从眼睛拿开，向谢尔格说道：

"唉，这个不必再噜苏了。不是我第一个是这样，也不是我最后一个是这样。得了，坐下吧，告诉我。"她指着椅子叫谢尔格坐下。她宛然将自己的悲哀吐露出来了，也要知道一点儿关于他的事情。"好吗，她？"她问了，很担忧地、注意地等着他的回答。

"没有什么……"谢尔格意义不定地说了这么一句。因为他想到，如果说好吧，那将使格鲁莎感受到剩余的痛苦；如果说出实情吧，那实非简单的几句话所能尽。

但是格鲁莎呈露着那一种注意的表情，似乎完全忘却自身的利益，而专为着他开心似的。如果他说他的新的老婆是一个不好的女人，大概她要引以为很大的苦痛了。

"没有什么吗？"她很关心地说道，"上帝保佑！她们，这些城市中的女人，都是这样的泼妇……既然是好的，那便没有什么。若是碰到一个……那可就糟了！……她大概是一个什么贵妇吧？"她半好奇半非难地这样说着问他。她又摇起头来，即时说道：

"唉，泼妇，泼妇……"

眼见得她的悲哀与妒意，及对于已破坏了的生活之惋惜，又在她的内心里刺动起来。

她看到谢尔格的衣领上有一个污痕，仍继续追问他，一面拭自己的眼泪，一面擦去这个污痕。这时显然她的注意力又从自己的悲哀转到谢尔格的生活上来了。她对他有一种奇怪的、不可了解的关心。

好像母亲从乡间来到城中看自己的儿子一般，抱怨他同家庭断绝了关系，极力地追问他，又极力地想了解他的新生活。

谢尔格记得，那时他完全用新的眼睛看格鲁莎，他想向她的、如亲人的肩膀上俯下，诉一诉生活的痛苦及他自己的错误。但他没有做到这个，只继续为她述说自己的差事与家庭生活的状况。

在他为她述说的中间，格鲁莎叹了一口气，用眼向房内巡视了一下，于是她的视线停到谢尔格的写字台上。她看见碧绿的水瓶，大的安乐椅，摇一摇头，用手掩着嘴，如同自对自地说道：

"天哪，这是在什么地方……"

她这是欲表示什么呢，不大十分明白。停一会儿，她撇开了对于写字台的注意，向谢尔格问道：

"你住在她那里吗？"

"住在她那里。"谢尔格说，不断地用手摸动那写字台上的纸簿。

"她自己做饭吃还是怎样？"

谢尔格不知为什么觉得不便于告诉她，说他们有一个女仆（这样乡间来的女人如格鲁莎一般），便说她自己做饭吃。

谢尔格望着格鲁莎，好像认不出她了。从前他知道她是一个年轻的羞怯的女人，她从来不会寻找什么话向他说，总是缄默着，如果没有谈到家务事。她缄默着不语，对于他的温存和话语，只以抚摩他的手作为报答。

现在他却忽然在她的身上看见了一个新的人，她没有任何的羞怯的态度，只爽直而简单地如一个朋友一样，很关心地询问他的一切……询问他什么呢？询问那破坏了她的生活的一切。

她的那种先前的羞怯的、难为情的、不知世事的帐幕，宛然从她的身上拆除了。好像她在一生中第一次找到了话和他说，除开那家务的话而外。

"啊，我的天哪！"格鲁莎说着叹了一口气，在她的面容上现着一种沉思的神情。但她即刻瞟了谢尔格一眼，勉强地微笑了一下，说道：

"今日这样相逢着……"

她搓动了一下手，似乎是说叹气也是不能减轻悲哀的。

"怎样，你们完全结婚了吗？是在什么地方结婚的？"

"在莫斯科。"

"大概结婚的仪式是很随便的吧，还是规规矩矩地在教堂里行结婚礼吗？"

"不，仅仅登记了一下子。"

"我们已经把麦子种上了，"格鲁莎定睛望着地板，又继续说道，"现在我们正在栽种马铃薯呢。大概她不让你到乡间去走一趟吧？"

"为什么不让？我自己要去的。"谢尔格说。

格鲁莎很疑惑地望了他一眼。

"既然是这样的，那上帝就保佑她康健吧。泼妇是很多的……唉，泼妇……"

谢尔格想怎样安慰格鲁莎一下，想将她引到家里，做一餐饭给她吃。但是他转而一想，柳德米娜或不欢迎她，或与她以难堪，况且昨晚上又发生了那种事情。柳德米娜将要怎样仇视她、怀疑她，他的第一个老婆……对于柳德米娜，那将是如可可怕的事情，当她看见谢尔格还没与这个乡间的野女人完全断绝关系。她比较起来是那样粗野，是那样毫无知识，是那样不漂亮，手皮是红而粗糙的，衣裳是俗而讨厌的，那乡间裁缝所做的令人呕吐的红上衣……而他，谢尔格，却还没同她断绝关系！

于是谢尔格便觉得格鲁莎这时赤裸裸地立在他的面前，具着真诚的面目。他看见而且感觉到她的一切。而柳德米娜他却看不见，并且感觉到她如一个敌人一样，虽然她具着伟大的愿望要和他的灵魂融合起来。

这是很奇怪的事情：虽然格鲁莎不能懂得许多，可是谢尔格觉着可以向她，如像在母亲面前一样，诉说一切自己心灵上的痛苦。柳德米娜虽然一切都能明白，虽然她向他怀着无涯际的爱情，可是谢尔格从没向她诉说过。

因为什么呢？

格鲁莎的爱和柳德米娜的爱的差别在于什么地方呢？

"大概你想吃一点儿东西吧？"谢尔格问。

"不，我随身带了熟鸡蛋。"她举起膝头上的小包裹，"你自己吃过饭了吗？"

"吃过了。"谢尔格说。

"到了收获的时期，我们大约是忙不过来呢。"她说了这话，摇一摇头，仿佛为这种思想所包围住了似的。

"我回去。"谢尔格说。

"啊，眼见得已经是我要走的时候了。"她从椅子上立起身来，长吁了一口气。她将他的颈脖子抱着，用紧闭着的嘴唇吻了他的嘴唇之后，便退了一步，向他躬一躬身子。

"我为什么要来了一趟，我自己也不知道。"她说着，摇了一下头，止着谢尔格不要送她，"不要送，不要送，我自己知道路。"

她出去了，在办公室内留下黑油皮鞋及印花布手巾的气味。

# 三九

从这命定的一天，当柳德米娜深夜里从什么地方回来如害着什么狂热病似的，从这时起，柳德米娜很厉害地改变了。

她完全变成了别一个人。她的内心的闭关，以及紧张的心情，完全消逝了。以前她那一种紧张的对于谢尔格的爱情，及在他们生活调和的时期内，她的那种心境坦然的时刻，至此也完全不存在了。

她变成时时刻刻都是兴高采烈的样子，装饰得非常讲究，时常赴什么叶林娜的晚会。当她深夜回来的时候，在她的身上总闻着酒气。

她如今很奇怪地对待白赫，仿佛捉弄地榨取他对她的爱情，随便驱使他，随便在他的面前发脾气，很厉害地对他。如果他试一试稍微辩白一下，那她便转过身来以背朝着他，默不一语。

她每一分钟都要令他明白，就是她不需要他的爱情。她时常向叶林娜说，劝她拿回去她的一个忠实的朋友，因为他已经使得她疲倦了。有时她严肃地规劝白赫，说叶林娜是一个很好的女子，她将给他以真正的幸福。而同她，柳德米娜，他所得到的只是苦恼而已，因为她是一个很残忍的人……

但是她虽然很严厉地，有时竟轻蔑地对他，可是她究竟不让他离开她，好像她时常需要一个什么人，在这个人的身上她好试验自己的力量。当在一种什么她对他的态度太过于严厉了之后，白赫有时简直整个星期都不露面，于是她又自己先打电话给他。当他来了的时候，她对他的态度是很温存而妩媚的。

在她的生活里，有着一种什么经常的内部的狂热病和神经兴奋病。有时她起了阴郁的绝望。她避开一切，只使劲地工作，穿着一件很朴素的丝衣。在这时候，她完全不能见白赫的面。

同时她也完全不惹动谢尔格，似乎她给他以完全的自由，并不问他到什么地方去或什么时候回来。差不多她对他的关系仅限于注意他换洗的衣服，及和他同桌子吃饭。

但是有时候，尤其在白赫走了的时候，她改变了颜色向谢尔格说，她仇恨白赫和白赫对她的爱情，因为这爱情她应当有一种招待他的义务，这对于她简直不可忍受。她已经没有再多的力量了。叶林娜是那样地梦想着他，为什么他不离开她而走向叶林娜那儿去呢？

"为什么我不是一个动物，觉得一切都是一样呢？"有时她抱着头说道，"啊，我是如何嫉妒你们，现今的人们！"她用着严厉而轻视的神气这样说，"就算你将自己翻了一翻，就算你践踏你昔时所以为神圣不可侵犯的东西，你也不能将自己改做一下吗？……得了，不必再说，就这样下去吧！"

通常在这一种阴郁的绝望爆发了以后，接着又开始了狂热的兴致。那时她把白赫叫来，同他惠顾最昂贵的菜馆，或坐在汽车上兜风，眼见得她能与著名的伶人坐在一块儿，到处出风头，到处引人注目，这件事情给予了她以无限的快乐。

当她，一个高高的而窈窕的身材，头上闪耀着浓厚的金黄色的卷发，在戏厅的地毯上轻飘地走着，而他在后边恭顺地拿着她的狐皮外衣，这眼见得是使她引以为荣幸的事情。

有时谢尔格对着桌子坐着，而她坐在长靠椅上，他捉着她向他瞟望着的尖锐而注意的视线。

有一次她仅仅问了他：

"难道说你不感觉到……他们总是看见我同白赫在一块儿，而不是同着你……你一点儿也不感觉到不方便吗？"

"这又有什么不方便呢？"谢尔格问。

"他们都以为我同白赫过着呢。"

"但是你本来同我过着，而不是同他呀？"

"而对于你这没有一点儿不愉快的吗？"她眯了一下眼睛说道，"对于你通通都是一样，无论到什么地方，同什么人在一起。也许我此刻向你献好，而经过一点钟又同别人……"

"得了，你是不能做到这个的。"谢尔格说。

柳德米娜将双手紧拢一下，使得关节咯咯地响了几下。她沉默下来了。

后来她对于白赫的态度改变了。她对他比较忍耐而平和些，有时坐在长靠椅上，和他谈着时间很久的话。于是谢尔格时常碰到他们这种平静的情状。他们一见到谢尔格到来的时候，便断了话头不再说下去了。略停一停，他们又开始谈起来别的一些不关痛痒的事情。

她已经对于他在戏院中的工作发生兴趣，他也就和她商量如何扮演新的角色等等。他说她的劝告对于他是很有帮助的。

白赫现在显露出比较更自由些的样子了，在房中踱着，说着笑着，没有什么拘束。而柳德米娜却变为很沉静的了，她不像先前一样好打断他的话头，总是很正经地听着他。

白赫的态度逐渐平静，已经没有那种畏怯而故意献好的神情了。谢尔格时常看见，在前房里，当白赫走出的时候，柳德米娜或理正他的衣服，或拍去他衣服上的灰尘。

仅仅有一天她向他耍了一套突然的严厉的把戏。这事是在谢尔格面前发生的。他们在叶林娜家里做客。那里有一个穿着白衣的少妇。这时正是五月的季候。房中的窗门都展开着，大家坐着、饮着、谈着，时已朝霞初现了。白赫走到这个少妇的面前，他们坐在窗沿上谈了很久的话。白赫始而很滑稽地调戏她，继而他们沉默下来了。

柳德米娜兴高采烈地说着话，突然一下子不作声了。经过一分钟的辰光，白赫瞟了她一下。她立起身来，向走廊走出了。他觉得发生了什么岔子，便也就跟着她走出来了。

过了五分钟的光景，谢尔格在走廊中经过，几乎和他们两人撞了满怀。

她带着怒容说道：

"如果大家把我们当作……那我就要求你，在我的面前你要放庄重一点儿才是！"

白赫慌张地、不知所措地想向她说一些什么，可是他看见了谢尔格，便不作声响，静悄悄地离开了。

"怎么一回事？"谢尔格问。

柳德米娜一秒间向他望着，似乎要在他的面容上知道他是否听见了一些什么。在她的眼睛里，怒火还没有平息。眼见得她以为他听见了很多的话，说道：

"这位先生想在我的眼前调戏……"

"你又怎样呢？"

她又瞟了谢尔格一眼，度量了他一番，说道：

"他们把我们当作……情人。这对于我并没有什么要紧，因为你知道这是不对的。但是既然他们以为是这样，那我就要求他在我面前放庄重一点儿。"

谢尔格记得，从这一次起，他们的关系很快地、不可挽回地向着破裂的方向走了。

# 四〇

　　整个的第二天，柳德米娜显现出异常沮丧的神气，仿佛她碰着了什么事情，不能够明白它的究竟，而且也怕明白它。

　　她向董娘说，如果谁个打电话来，就说她不在家好了。而后来她下了工回来的时候，又向董娘问有没有人打电话给她。

　　董娘说，没有谁个打电话，于是柳德米娜在一种神经烦乱的状态中，在房中一直踱来踱去。当电铃响了，董娘告诉她有人打电话给她，柳德米娜不禁战抖了一下。分明她期待着这次电铃的响动，又苦恼着电铃为什么不响。她终于期待着了。但是她毕竟装着样子在忙着什么，不即刻向电话机走去。

　　最后她走到电话机来。不要看她具着急躁的心境，可是她说着话却表现得不大开心似的。这是白赫。他请求她允许他到她家里来。她沉吟了一会儿才答应他。后来她坐在镜子面前很久，穿上精致的丝袜和漂亮的皮鞋。

　　谢尔格走向图书馆去了。当他回来走进柳德米娜房间的时候，听见白赫很低声地说着话，他说他昨天的过错仅在于他招引了人们对他起一种不好的意见。但是他的良心是纯洁的，他看见这个少妇不过是首次，她绝对引起不了他的兴趣，而且柳德米娜对他的友谊是那样贵重，是那样需要，他绝不会有一分钟的时间能够忘记她。

"好，算了。"柳德米娜说，"你曾经说过，我对于你就是一切，我给予你以新的力量，只要我一垂青睐，便可以将你从绝望的深底提拔到欢乐与幸福的高峰。你曾经说过，我给予你以生命的意义。请你明白吧，这一次并不是我一个自尊的女人耍脾气啊。不是的！我很痛苦于破坏我心中的想象，这想象，就是在于我真正能以自己的友谊，给予你一种什么伟大的东西。但是当我昨天看见你与那个白衣少妇坐在一块儿，我忽然很厌恶地觉得……你……你不过是由于献好，或再由于什么东西，向我说我是你的一切罢了。你既然当我在场能够和那个女人坐下，差不多把我完全忘记了，这不是表明你向我所说的都是假话吗？……"

白赫几次想打断她的话头，要把自己的意思说出来，可是她总是停住了他，一定要在她说完了自己的意思之后他才能说。

"你明白吗？"

"啊，自然吧！"白赫说着，吻了她的手。

"我最不愿意你想到这是嫉妒心的表现。我最不愿意想到这一层。"

"啊，自然吧！"白赫又这样说道，他已经装着腔，如被宽恕了的胡调者一样。

"这样，是说，我们讲和吗？"柳德米娜说，"我很高兴今天到什么地方去玩一玩。"

一时间的沉默。白赫很心虚地向她申明，今天他无论如何做不到，因为今天他没有闲空。他本来应当老早就走开了，可是他搓了一搓手，不得已飞跑到这儿来，好将误会解释明白。

谢尔格那时不知道那里是什么一回事。但是在白赫的声调里，他觉着有一种什么东西，想即时跑进房间里，将他的衣领抓将起来，抛到走廊里去，如同摔一个胡闹的猫一样。

# 四一

和爱玛一起到苏娘别墅去旅行，谢尔格本来是定在下一星期的，可是这个日期却改为今日了。

在那一晚之后，谢尔格感觉到他不能再欺瞒下去了。从今后他将实在地说出他所做及所感觉的一切。如果她不能忍受这个，那这是她的事情，与他无关。

当白赫走出之后，柳德米娜请求他同她一块儿到爱米塔司戏院去，可是谢尔格向她说道，他想今天和爱玛一块儿到苏娘家里去。但是如果她一定要他和她到戏院去的话，他可以将这一次旅行延期，而和她一块儿到戏院去。

柳德米娜听见他的报告，突然苍白了面孔。她压抑一下自己，勉强地向他说，他可以照他所已经决定的做去。

"我不愿拴在你的颈子上，"柳德米娜说，"我今天之所以请求你和我到戏院去，那仅仅是因为我们很久没有一块儿到过什么地方去了。到叶林娜家里那是不算数的。"

　　但是谢尔格在经验上已经知道她所说的"我不愿拴在你的颈子上"，不能认为是信任的表示。如果他今天和爱玛旅行去，即照着柳德米娜自己所肯定的做去，则当他回家的时候，她将坐着不动，定睛向一点望着。若他问一问她是一回什么事情，那她一定说道：

　　"我向你提议，你可以随着自己的决定到什么地方去，那是因为我期待着，而且希望着你总可以牺牲一次，以满足我的要求。不料你一听见我的话，即利用着机会。"（谢尔格奇怪她宛如有一种什么机敏的预觉似的：当他每一次预备同谁个到什么地方去的时候，她总是请求他和她一块儿到什么地方去。）

　　谢尔格自然可以向她说，她没有一句话是可以信任的，她简直如奸细一样，企图每一次都要把他捉着……

　　这么一来，那将弄得很不好的结果，总要弄到两天大家不说话。

　　"向我坐下一分钟吧！"柳德米娜向谢尔格说。

　　他坐下了。

　　她望了谢尔格很久，后来战抖地拿起谢尔格的手来，放到自己的胸上，差不多如忍受不住了痛苦似的叫道：

　　"看着上帝的情分，救救我吧……我要死了……"

　　"你是怎么了呀？"谢尔格很惊异地这样说道，将手放到她的肩上。

　　"我感觉到你要离开我了。你不快活我勉强你同我一块儿去。你完全没有和我一块儿的需要。我孤单的一个人……永远孤单……哦，我的天哪！"

　　"当我和你在一块儿的时候，你怎么是孤单的呢？"

　　"你的灵魂离开我了……你撇开了我而生活着！撇开了我！……"

　　"我的亲爱的，我仅仅现在才感觉到我是在生活着呢。我没有离开你，不过从你的身上将'灵魂'拿回来罢了。你曾不给它走它自己所应走的方向，可是现在它回到我的身上来了。"

　　"走着离开我的那个方向吗？"她很激动地说道，"我用什么来生活着呢？用什么呢？你说啊！"

"用你身上所有的生活着。用别人的东西生活着是不行的。"

"我算你的灵魂是我自己的，而不是别人的……"

"是的，你这样打算过，但是在实际上它是我的啊。"

"它是你的吗？……"她机械地重复了这么一句，又苦笑着说道，"夺去了最后的东西……它是你的！……而我如一个失业者，没有用的废物……"她忽然将脸转向着他，在她的眼睛里闪着泪珠，燃烧着最兴奋的火光。

"你知道不知道，为着保存着你，保存着你的灵魂在我的身边，我做了什么吗？你刚才无人性地所说的那个灵魂，它是你的吗？我摧残了我自己，将我自己的灵魂翻得赤裸裸的。我践踏了在我的身内向之所引以为自豪的东西。我压扣了我心中的一切，为着要给你以自由，为着要不到处跟着你，虽然我是想要如母亲对小孩子一般地到处跟着你。我仅仅要你的灵魂是和我一起的。我仅仅要它是我的。当你安眠的时候我总是整夜地哭泣着，因为你的灵魂已离我而去，任有什么东西也挽回不过来。且慢，你让我说完吗！"谢尔格要说什么，她停止他，不让他说。

"你刚才向我说，它，灵魂，是你的。而你知道有时候我整夜不入梦，生怕挨动了你，惊醒了你，那时候我想着一些什么吗？我曾想到，如果创造主存在的话，那当我完结自己的生活走到他的面前时，我将是没有灵魂地走到他的面前了。

他将问我：'为什么你不带着灵魂来呢？'

我将快乐而且傲慢地回答道：'主啊，我将一切都给予那个人了！我为我自己什么也没留下……'"

"我也将是没有灵魂地走到他的面前了。"谢尔格说，"若他们问我将灵魂弄到什么地方去了，那我便将指着地球向他们说道：'它完全留下在那里了。每一个就算作有着它一小小的部分，可是主啊，它在那里保存着也比在你这里保存得要好些呢。我很牢固地安置下我的资本了。'"

柳德米娜呆望着谢尔格，不明白他是在说笑话抑或是在说正经话。后来她冷笑了一下，将手摆动一下，说道：

"我本来想相信一下奇迹，就是两个人可以永远经过一条路，可以白首偕老，可以心心相印，因此我也就将自己的灵魂完全交给了你，将它完全放到我对于你的爱上面去……不料它……它却不为你所需要！"她如发了神经病似的笑了起来，"我是怎样愚蠢！我是怎样无知！我的天哪！我卑屈到哪一种地步！……我本来想到，我的爱情异常宝贵，人们不但因之要很快乐地把灵魂交给我，而且在这其间他们将寻到无上的幸福，在地球上所仅有的幸福。不料它形成为需要的，只在你还未将它交出来以前。若一把它交出来，那你便成为没有用的废物了……如果你不把它交出吧，那只有孤单的寂苦而已；若你把它交出来吧，那么也还是落得孤单，孤单而已！"

她又流下滚滚的泪来。拿起小手袋子，她从里边取出手帕来。

"眼泪这样流着，这真是再可憎恶也没有了！我自己憎恶我自己，宛如我是一个乞丐一样。我准备将这些可恨的泪水用红铁烧干，免得你看见我的卑屈啊。"

她将小小的手帕扯成两半，摔到地毯上。

"请你原谅我吧，"谢尔格说，"但是我想到你并不这样孤单啊。"

柳德米娜迅速地向他睁开了眼睛，她的眼泪顿时停住了，眼睛燃烧着枯燥的、惊慌的光芒。

"究竟是？……"

"我觉得你与白赫是很亲密的呢。"

"啊！是的……"柳德米娜莫名其妙地这样说道。停一会儿，她的面容突然涨红了起来。"你怎能够……你怎能够想到这一层？你知道吗，不将他赶开，这是怎样令我苦痛的事情啊！如果发生了这件事情……那我将一分钟都不能和你同居的……我可以将我自己杀死，若有这么一回事情……但是我绝对不能让你亲近我，就是接触一下也是不可以的。你怎样能够！……怎样能够想到这一层呀？"她惊慌地说着这话。

"但是你在那个时候离开我而走出去了，我也不知道你是走到什么地方去了；我整夜地赤着脚靠着窗户立着，不停睛地向巷口望着。当我看见戏院闭了幕，人们成阵地在路上走回家去的时候，我总是希望着你的面孔即刻就在巷口出现，即刻就会走回家来，但是人也稀，夜也静了，还见不到你的影子。"

"这是什么时候的事情呢？"谢尔格说，"我总共不过三四次去赴过我们的晚会的。"

"我不知道，到什么地方去了……"柳德米娜即刻说道，"也许你是去赴晚会去了。"谢尔格想要辩白一下，她即忙摇一摇手，又补说了这么一句："也许……但是我是一个人孤单地留在家里啊。啊，事情并不在于我一个人留在家里，而是在于你的灵魂也是出去了。"

"这个人曾在我的身旁。他府伏在我的脚下，他仅仅想着怎样才可以安慰我。他知道了……他知道了啊！这对于我是再可怕没有的了！我一点儿也没有什么保障。他每一分钟都能够向我说：'你牢牢地保持着自己，你为着他而守身如玉。然而他是不需要你的啊。'这是对于我的自傲心的践踏啊！"

柳德米娜立起身来，她的面孔依旧热烘烘地烧着。在她的胸前挂着一条黑珠子结成的串子，这时由于她的如害狂热病的动作而摇摆着。她将它一把扯断，珠子撒在地板上。她不注意它们，依旧继续说道：

"我曾问过我自己，我有没有权利拒绝那个需要我的生命的人呢？……我有没有权利给他一点儿我的同情，一点儿简单的友谊的抚慰呢？我的灵魂对于他是需要的，如同宝物一般，而对于你它是完全没有用处的。于是我制服了我自己——不要看我憎恶给别人以少许的灵魂，然而我究竟给了他，因为它是为你所不需要的。但是他很昂贵地才买到自己的一点点的幸福，若与我所给你的比较一下。"

"他把一整个的灵魂献给我了，因此我才给了他我的灵魂小小的部分，哦，这是说的灵魂，而不是肉体啊！……我在你的面前还是干净的。你明白吗？昨天他仅仅和那个白衣少妇坐了一下，我就向他发了脾气。那个女人本来不会使他动情的，他并且也不会再看见她，但是我……如果我有一次曾经为着救他，如他自己所说，给了他一点儿灵魂的毫末，那我便要求很贵重的报酬呢。让他拒绝了一切，那时我可以相信我的牺牲是为他所需要的。只要他稍微有一点儿不好的表示，那便将我的牺牲弄成零了。我为着什么要残害了我自己呢?! 那时我将要问我自己呢。"

"他今天是感觉到这个了。"

她突然停住了。她的眼睛逼射着谢尔格的眼睛，闪耀着火光。她将自己一双雪白而美丽纤细的手放到谢尔格的肩上，双唇颤动着很低微地几乎听不出声音地说道：

"这是我的烦恼……你看……"

谢尔格逼视着她，想向她说道：

"我不能如你所愿望地爱你，这是因为我自己的生命不给予任何人，它是为我的事业所需要的。但是我很可怜你，既然你这样爱我，虽然你的爱情为我所不大了解的，那我也就不能丢掉你，只好给你我所能够给的东西吧。"

"得了，我们走吧！"柳德米娜很高兴而有精神地这样说道，宛如解除自己一切的思想和疑虑似的，"今天是我的节日，我同我的老板同行。如果他不爱我，那我还可以有一种安慰，就是他谁个也不爱。这要比较轻松一点儿呢。"

# 四二

　　柳德米娜仿佛高兴而活跃起来了。她很快乐地打扮起来，对着镜子将自己的小心保留着的浓厚而美丽的头发梳拢得很久。当她低下头来将头发掀到头前边而从后边梳拢的时候，她的头发披着差不多要挨上地板了。

　　在这一种预备出门的情形之下，时常总是这样的经过：谢尔格老早就预备好了，而她还没有预备停当。谢尔格自己穿上了衣服，可是忘记了拿外套给她，她因此指责了他。当他将外套送给她的时候，她将头摇摇，似乎说道："他也不知尽管想着一些什么。"谢尔格很懊恼她因这一点儿琐碎的事情就指责他，尤其在她几分钟以前刚说了那些话之后。第二次要打电话给爱玛，报告旅行不得已又只得改期，这更是使他懊恼的事情。

　　但是谢尔格决定了，既然他不能照着他所决定的行去，那也只好忍一忍气，不要把自己的情绪弄得太坏了。除此而外，他想告诉柳德米娜关于格鲁莎到莫斯科来看他的情景：她很和平地询问他和柳德米娜的生活。他想引起柳德米娜对于格鲁莎的好感来。

当他们出来了，向电车走着的时候，谢尔格说道：

"我不久以前经过了几分钟很快活的时间。"

柳德米娜以为这是对她而发的，便静悄悄地将他的手握得更紧些。

"你曾经急于要我离婚，你以为我的女人会和你争夺对我的权利。但是她却这样和平了结，这真是出乎我的意料。"

柳德米娜一分钟以前紧握着他的手，现在突然将自己的手放在他的手里不动了。

"她曾来看过我。"谢尔格继续说道。

"……看过你？……在什么地方？"

"在我的办公室里。你知道吗，她是那样很坦白地关心着我的生活，宛如她只念到我的利益，对于自己毫不涉想到似的。"

谢尔格越说下去，说格鲁莎不想争取柳德米娜的幸福，那柳德米娜的手便越是不动了。末了她完全将自己的手从谢尔格的手里拿开。

谢尔格没有觉察到这个，还是说道：

"你知道吗，我曾想要把她带到我们的家里来，谢谢她这么好的态度。但是我想到这是于你不快活的事情……"

"你对她具着优越的爱情的感觉，如对着牺牲品一样，而对我只是怀着气愤，以为因为我你才不能招待这个牺牲品吗？"

"你这又从何说起呢？"谢尔格说了这话，不禁觉得因忍耐住了而未爆发的愤火，现在忽然熊熊地燃烧起来了。

"依着你自己的话呀！"

"我越过越相信，就是和你说话总是要时时刻刻留着心，如同对一个什么敌人一样，因为你从每一句话上，都能够牵引到一些不相干的结论来。对你总是要先想一想，先望一望，不要一不留心就会弄出花样来。"

"你转告我你对于你第一个女人的优点的敬佩，想以此来引起我的快感吗？但是我没有基督教的为和平而和平的精神。你这一种敬佩的心情，自然顶好不要告知我。"

"我想，如果什么都不告知你，必定更要安静些。"

"我的天哪，"她如自对自地这样说道，"当我的一颗心要冒出血来的时候，他从来没怜悯过我一次，一句怜悯的话都没说过，而现在他却这样地怜悯她……"

谢尔格什么也没回答。两人默默地走着。没有赶上电车，它刚刚走过去了，还可以看见它的红灯。停车处杳无人影，只是一种愁闷的空虚而已。

他们相互没再多说一句话，静悄悄地等待着，两人向着不同的方向望去。

后来来到公共汽车的停车处。那里有五个人排着队立着。公共汽车一到，他们便推耸地爬进去，而柳德米娜落在后面，向谢尔格说，她不能再坐下了，因为有了这样大的人堆。

"总共只有五个人，人堆在什么地方呢？"

"反正是人堆。"柳德米娜不带着气说，但是她的那种固执的神情也就同她生了气差不多了。

最后坐上了马车。两人依旧向不同的方向望着，默不一语。

柳德米娜终于苦笑了一下，说道：

"你看，我们又一块儿来看戏呢……"

谢尔格想回答她道："因为总是这样的结果，所以我也就不高兴同你一块儿到哪里去。"但是他什么也不说出，依旧默默地向那相反的方向望着，故意不听柳德米娜所说的话。当她请求他整一整她身上的什么，他默默地替她整理了，可是整理了之后，他依旧照从前的姿势坐下来。

"我预备着过节，'她说道，"你看这个节过得好……眼见得已经什么都无能为力了……一切都向末路走去。我现在不得不向被我所嘲弄的那个人承认……"

两人静默地看着戏，每一个人都想到，别的人们、夫妻们来到戏院是求快乐，而他们俩的快乐却转变为在戏院中苦坐着的义务。因为在事实上，那是不能看了半幕戏就立起身来转回家的。

他们各坐着自己的椅子，如一对没有关系的人们。谢尔格想到，从前他曾有过怎样大的力量、怎样强固的意志，可是现在他却变成了如每一个知识者一样，不能向自己所需要的地方走去，想做一点儿什么，又没有力量，只得苦闷着、思索着。你看，现在他成了这样的人了。

柳德米娜固执地向舞台上望着。有时她的眼皮要合拢起来，但是她勉力不使它掉下来，仍旧向舞台上望着，不改变那种固执的神情。就是当下幕的时候，她还是望着她从前所望着的那块地方。

在第二场完结的时候，她立起身来走向休息室去。因为她没向谢尔格说一点儿什么，所以他第一分钟间还留在那儿坐着不动。停一会儿他觉察到了，便跟着她走去。

但是她刚一走到走廊的时候，即刻又跑进大厅来。在她的脸上现出恐怖与愤怒、轻蔑与绝望的神气。她用手抱着头，目不转睛地望着面前。

"你是怎么一回事？怎么，你说呀！"谢尔格问。

柳德米娜什么也不回答。人群开始惊愕起来。

"回去……快回去吧！……"柳德米娜低声说道，依旧向面前呆视着。

谢尔格急促地将她拉到楼下，将她穿上衣服。她仍如木偶一般，低微地重复着说道：

"回家去……回家去……"

# 四三


　　一路上她默不一语，只睁着两只眼睛如木偶一般向面前的一点望着。

　　他将她带到家里将她衣服脱下之后，她依旧死挺挺地立着不动。

　　"你在那里望见了什么，你说吧，这样是不行的。"谢尔格说。

　　柳德米娜不回答他，拿开他的手，脚步略微有点儿不稳的样子，静默着走入自己的房里去。

　　"放下我吧……"她低微地只动一动嘴唇说了这么一句。

　　谢尔格留在自己的房间里，有时他至门边望一望柳德米娜。

　　柳德米娜坐在梳妆台子旁边不动，后来她用手将头抱起来，掩住了眼睛，伏倒在梳妆台上。

　　谢尔格猜想不透，不明白到底在戏院中发生了什么事情。当她刚一走出走廊，而即转身跑回大厅的时候，她是那样恐怖，好像一个人忽然明白了他即刻就要死亡的样子。

　　谢尔格从瓶中取出一点儿缬草酸盐，想送给她服下，但是忽然从她的房里听见兴高采烈的笑声。当她平素觉着特别好笑的时候，她总是这样响亮地欢笑着。

谢尔格轻松地吐了一口气。他想到，这或者是由于她耍着玩，或者是由于她现在觉得了那发生的事情是不值得大惊小怪的。

他走进房内，向她说道："托福，事情这样过去了。我已经将缬草酸盐拿来了呢。"

柳德米娜不注意他的话，望着墙角的一块什么地方哈哈地大笑，但是忽然起了一种不愉快的感觉，望见了她的面孔是完全不动的，仅仅从她的喉管里突出来这一种不自然的狂笑。

他走近前去，使劲摇了她的肩膀。

"停住吧，听见吗？"他向她叫着说。

好像忽然梦醒了一般，她惊愕地向他转过头来，如同望着不相识的人似的望着他。过一会儿，她的意识清醒了。她看见了他。她用手搂起头来，深深地叹了一口气。后来她的视线注意到药瓶的身上。

"饮下吧，这是缬草酸盐……"

柳德米娜突然有意识地瞟了谢尔格一眼，很开心地大笑着说道：

"不是这么一回事，亲爱的，不是这么一回事……"

"什么不是这么一回事？"

"不是需要这个啊！"柳德米娜说。

"你说着怎样的怪话。"谢尔格明白了她的意思，说道，"你说吧，你到底遇着了什么呢？"

柳德米娜笑了一笑。

"现在我是要带着灵魂走向创造主的面前了。"

"带着什么灵魂？"谢尔格问她，一点儿也不明白是怎么一回事。

"我总是想到，"她不回答谢尔格的话，接着说道，"我给予这样的宝物……我以此可以拯救一个人，我应当向着这个牺牲的路上走去。哦，天哪，这是怎样荒唐！这是怎样令人寒心！"她搓着手，使劲地摇一摇头，宛如她要抖开一切烧着她的脑筋的思想。

停一会儿她忽然转脸向着谢尔格，用自己如火一般热的手将谢尔格的手握起来，逼视着他，很急快地说道：

"你知道吗，当他匍匐于我的脚下，当他多少年总是哀求着我，说我的爱情如一最崇高的赐予，说我为他所需要……说我的友谊即是他的生命意义，即是他唯一的幸福……我想到，我应当给予他这个！当你离开了我，我向我自己说道，如果我已经破碎了，如果我的灵魂已经不为你所需要了，那我就将它给予这个人，因为如此才算公正，我的灵魂是不会受损伤的。它依旧是纯洁的！

我刚才看见他……在戏院里。我叫他同我一块儿看戏，他没有答应，他说他今天没空。可是我在戏院中见着他了。他不是一个人。他是和那个……白衣少妇在一道儿的。我感觉到这宛如唾弃了我的灵魂，这是践踏了我的灵魂如一块无用的破麻布啊。我的天哪，这是谁个呢？我为着谁个，为着要拯救谁个，我戕害了我自己？他和着别一个人逛着，他逼视着她的眼睛……如曾经向我望着的一样。"

"你自己本来是以他对你的友谊为痛苦的，为什么你现在这样懊恨呢？"

柳德米娜很快地瞟了谢尔格一眼。他的面孔完全苍白了。她低微地，差不多没有张开嘴唇，不大有声息地说道：

"因为……因为我……我同他发生了关系。"

谢尔格觉得他的一颗心冒出血来了。这是一个突如其来为谢尔格万万所没料到的答案！

"这是从什么时候起的呢？"他问，并没向柳德米娜望着。

"这是很早的事情……而后来我们的关系又恢复了……当你到工厂去的那一天……"

"这是说在我们约定推诚相见以前所发生的吗？"

柳德米娜战抖了一下，宛如被火热的铁烫着了似的，几乎听不出声地说道：

"……是的。"

谢尔格离开了她，走入自己的房间。他走近写字台边，倚着它站立了很久，脑中没有任何的思想。他仅仅不知何故望着那案头的日历，注意到那昨天的号数六月三十日还未翻转过去。

他的背后寂然无声。柳德米娜两手放在膝头，坐在那里如死人一般地不动。她的眼睛是干燥的，燃烧着不自然的、炯炯的、干燥的光芒。

后来她突然立起身来，走至门边，露着一种很奇怪的微笑，使得谢尔格觉得有点儿可怕起来。她说道：

"完结了吗，亲爱的？……"

她忽然跑到他的前面跪下，紧抱着他的双膝，宛如她要永远地把持着什么。过一会儿，她忽然爬起身来，从茶几上抓了帽子，便奔出房间去了。

谢尔格在椅子上整整不动地坐了两点钟。后来他取出信纸开始写道：

"是的，现在已经完结了……我离你而去，完全不是因为你对我'变了心'。我本来老早地就可以离开了你，但是我想到你的爱情生活于我的实质上，以我为唯一的，不可多得的实质。但是现在我看见了，你所需要的并不是它。你只是简单地需要着一个人，好依着他的力量生活着，因为你自己没有生活的力量。你必须要倚傍着一个什么人，以他的汁液为滋养料。

你总是朝秦暮楚地奔劳着，这是因为你惧怕孤单如惧怕死亡一样。因为孤单对于你就是死亡，你对于自己没有什么可做的事。

对于你，若没有一个亲近的人而生活着，那是等于在死寂的沙漠里生活着一样。你的幸福在于和一个人生活着而离开全世界。但是那一个人，若他跟着你走的时候，应当为着你的伟大的爱情的缘故背叛自己。

你毫无私念地倾向于为你所爱的人而牺牲自己，但是你向他也具着同样的要求。爱你的人越与世界、越与一切的社会离开，那你便越觉得幸福。他越为着你而违背自己的意志，那你便越觉得愉快。

我便向我自己提出一个问题：我应当尊重你一个人的幸福呢，还是应当尊重我自己的意志，为着那伟大的开始，去活动着，去与全世界融合起来呢？

我和你经过一切的阶段：爱情，欺骗，完全的真实，相互的让步。我曾想到，对你让一让步，我究竟可以（虽然不完全地）过着我所应当过着的生活，但是很快地我就肯定了，就是你的灵魂要取得大的收获，它想取得一切，绝不满足于那一部分，因为它将整个的自己给予别人，也就要求别人将自己整个地给予它。

我们是两个世界的人。你究竟是旧世界的最好的女人中之一个。但是我们之间生活的原则不是相差的，而是相反的。因此我们也就不能够在一块儿生活着。

我曾经什么时候在我的日记簿上写道：谁个看见了自己的路，那他便应当很严厉地走着自己的路，连一步都不退让。他应当取获的仅仅是那些对于自己的路有用的东西。"

写完了信，谢尔格立起身来。时光已经完全是早晨了。

他望一望日历，很机械地从六月三十日的一页翻到七月二日的一页。

# 四四

三天以后，谢尔格已经在乡间了。

他从车站出来，直顺着草地向家里走来。时已下午五点钟了。这时热气渐渐低降下去，夕阳已经快入土了。沿路上被日光所晒萎的花草，现在又渐渐显露出生气了。

河中的水停止了晶明的闪耀，在靠岸的深处荡漾着平静的波纹。

远处已经看得出相识的空间：乡村，山间的树木，教堂的白屋。

谢尔格跳下河去洗了一个澡，觉得异常凉爽。他坐在绿草的河岸上很久，感受到一种新的内心的平静。

他很奇怪地想到，他一个人在这杳无人迹的草野间无论坐得多久都能够。在这种自由与孤单之中平静下来了的他的思想，开始领会一切周围的景物，感受到生他的母亲——自然界。

当他走近家的时候，在菜园里首先看见他的是格鲁莎。她穿着无袖的长衣，赤着双脚，在菜园里收拾土埂。一看见了他，她快乐地拍了手，跑上前来欢迎他。她跑到他的面前，喘着气，带着满脸汗，不知向他说什么话为好，只握住了他的双手，紧紧地放到自己的柔软的胸上。

谢尔格忽然感受到一种很相识的、很亲近的气味：菜园中的芝麻，已经开了花的马铃薯，隔邻的炊烟，以及格鲁莎身上麻织物的长衣。他又听见从溪边送来的妇女们的槁砧声。

这一幅平静的画图，以及西下的夕阳、晚钟的音响、道路上还未冷去的灰尘，对于谢尔格如一意外的景象，不禁将他引得欢快起来了。

他觉得格鲁莎现在不是一个单个的实体，而似乎是他眼前的整个的自然界的一部分。

在第二天谢尔格已经感觉到了，就是被破毁的、被阻止的生活的源流重新开始活动起来了，又开始平静地流去。

老人们没有谈及谢尔格的家庭生活，似乎什么事情都没有发生过似的。他也没告诉任何人关于他三天以前的事情。

晚餐过后，谢尔格走入藏物室里去睡觉。他脱下衣服，爬到铺上将脸向上躺下之后，便从那未关闭着的门口，向那星光闪耀着的天空望着。

在藏物室里，充满着为谢尔格孩童时代起就熟悉的那种愉快的气味，马料、麦草、麦谷……混成了一种特别的气味。

谢尔格躺着，向那天空望着，嗅着这种新鲜的气味，不禁感觉到一种为他以前所未熟悉的平静。他的内心异常清晰起来。那远远的星光似乎是很密近的，它们的位置依旧是在他那童年时所看见的地方。好像它们以自己的永远性向他说道，无论他走向什么地方去了，他只要望一望它们，便可以重新找到那消失的清明的灵魂和那清明的路线。

听见赤脚的脚步声。这是格鲁莎走来了。

她挨近谢尔格坐下，拿起他的手来默默地抚摩着。

"铺位有点儿硬吧，弄软和一点儿好吗？"她问。

"不必，这样就可以了。"谢尔格回答着说。他决定暂且不告诉格鲁莎发生了什么事情。

"你大概弄得很疲倦了吧?"

"没有什么。"

"你,想着什么事情吗?"她停一停这样地问他。

"不想什么,只这样躺着,望着那天上的星光。"

"我有时也曾这样躺过,当睡不着的时候,总是向天空望着。他们说,那里也有人居住着呢。"她望着天上的星球这样沉吟着说。

"说不清楚。"谢尔格答。

"有些人又说,这是人们的灵魂。每一个人有一颗星。当星坠落的时候,那人便要死去了。你看,那一颗星坠落了。我们什么都不晓得……"她嘘了一口气说。

她的面孔向着天空那一边,谢尔格在昏黄中只看见她蒙着头巾的半面。

后来她问一问他还要不要什么之后,便走进茅屋去了。他听见那栅门的响声……

何处闪耀着光。但是夜依旧沉寂,天空中仍闪耀着星光。谢尔格望着它们,觉着望着这些散布着的世界,他宛如一点一点地又收集起来这一年来失去了的生活。

面孔被清凉的微风吹着,他的眼帘渐渐由于甜蜜的假寐而合拢起来了。

**"俄苏文学经典译著·长篇小说"书目**

地下室手记　　〔俄国〕陀思妥耶夫斯基 著／洪灵菲 译

赌徒　　〔俄国〕陀思妥耶夫斯基 著／洪灵菲 译

盗用公款的人们　　〔苏联〕卡泰耶夫 著／小莹 译

在人间　　〔苏联〕高尔基 著／王季愚 译

我的大学　　〔苏联〕高尔基 著／杜畏之　萼心 译

赤恋　　〔苏联〕柯伦泰 著／温生民 译

夏伯阳　　〔苏联〕富曼诺夫 著／郭定一 译

被开垦的处女地　　〔苏联〕肖洛霍夫 著／立波 译

大学生私生活　　〔苏联〕顾米列夫斯基 著／周起应　立波 译

奥尼金　　〔俄国〕普希金 著／甦夫 译

盲乐师　　〔俄国〕柯罗连科 著／张亚权 译

家事　　〔苏联〕高尔基 著／耿济之 译

我的童年　　〔苏联〕高尔基 著／姚蓬子 译

贵族之家　　〔俄国〕屠格涅夫 著／丽尼 译

毁灭　　〔苏联〕法捷耶夫 著／鲁迅 译

十月　　〔苏联〕A. 雅各武莱夫 著／鲁迅 译

安娜·卡列尼娜　　〔俄国〕列夫·托尔斯泰 著／周笕　罗稷南 译

克里·萨木金的一生　　〔苏联〕高尔基 著／罗稷南 译

对马　　〔苏联〕普里波伊 著／梅益 译

暴风雨所诞生的　　〔苏联〕奥斯特洛夫斯基 著／王语今　孙广英 译

猎人日记　　〔俄国〕屠格涅夫 著／耿济之 译

上尉的女儿　　〔俄国〕普希金 著／孙用 译

被侮辱与被损害的　　〔俄国〕陀思妥耶夫斯基 著／李霁野 译

复活　　〔俄国〕列夫·托尔斯泰 著／高植 译

幼年·少年·青年　　〔俄国〕列夫·托尔斯泰 著／高植 译

烟　　〔俄国〕屠格涅夫 著／陆蠡 译

母亲　　〔苏联〕高尔基 著／沈端先 译